8ᵉ ÉDITION

FRANC-NOHAIN

LES SALLES D'ATTENTE

COLLECTION LITTÉRAIRE DE LA RENAISSANCE DU LIVRE

LES SALLES D'ATTENTE

FRANC-NOHAIN

—

LES SALLES D'ATTENTE

PARIS

LA RENAISSANCE DU LIVRE

78, boulevard Saint-Michel, 78

I

LE VOYAGE DE NOCES

Ils sont très jeunes tous les deux, si jeunes que les parents voulaient retarder le mariage, et que la tante Anna, que l'on consulte toujours avec déférence, trouvait que ça n'était pas très raisonnable... Mais y a-t-il des mariages qui soient très raisonnables? — « Personne ne voudra croire qu'ils sont vraiment mariés ! », disait la tante Anna. Justement : c'est tellement plus gentil d'être vraiment mari et femme, et pourtant de n'en avoir pas l'air... En tout cas, ils avaient l'air parfaitement heureux en sortant de l'église, et c'est un air qui ne court pas les parvis.

Bien entendu, parce qu'ils ne sont pas des mariés comme tout le monde, ils n'ont pas voulu s'en aller bêtement comme tout le monde, avec des billets de sleeping, vers quelques lacs italiens. Au temps exquis des fiançailles, ne s'étaient-ils pas reconnu des goûts identiques, la même fantaisie charmante : une roulotte?

Et, à défaut de roulotte, l'oncle Théodore n'a-t-il pas eu la bonne idée de leur donner, pour cadeau de noces, une « Lilliput »? Vous savez bien, une de ces minuscules et délicieuses voitures mécaniques, où il ne peut être question d'emmener un chauffeur, et où l'on tient deux tout juste, en se serrant ; en se serrant, n'est-ce pas le rêve?...

C'est là-dessus qu'ils sont partis, elle toute rose, lui un peu pâle, sans itinéraire fixe, à la découverte, — un enchantement ! Et voilà huit jours que l'enchantement continue, comme en témoignent les télégrammes quotidiens (« Au moins, vous nous télégraphierez? ») qu'au hasard des chefs-lieux de canton traversés ils remettent pour leurs bons parents à des receveuses attendries : « Voyage idéal, bonheur parfait », ou : « Voyage parfait, bonheur idéal ».

Malheureusement, si la France est un pays idéal, en effet, comme leur bonheur, les auberges ne sont pas toujours aussi parfaites... Oh ! quand on s'aime bien, qu'on a vingt ans et bon caractère ! C'est égal, ce soir notamment, l'unique chambre disponible les a fait reculer d'horreur... Et puisque la nuit, du moins, semblait idéale (comme leur bonheur et comme la France), ils ont décidé, après un hâtif dîner, de repartir aussitôt et d'aller chercher jusqu'à la prochaine sous-préfecture un asile plus confortable.

Ai-je besoin de dire qu'ils se sont perdus ? Sans cela, n'est-ce pas ? il n'y aurait pas d'histoire... Arriveront-ils jamais à sortir de cette forêt, qui ne leur avait semblé pourtant qu'un charmant petit bois, où ils s'étaient engagés, en chantant? Ils ne chantent plus. Il doit bien être près d'une heure du matin. Depuis un moment, de gros nuages courent au-dessus de leur tête ; et voici maintenant, tièdes et lourdes, les premières gouttes d'eau.

Lui. — Tu as entendu?

Elle. — Quoi, mon chéri? La pluie?

Lui. — Non, la voiture.

La Lilliput. — Crr... brrededen.... boum, poum...

Elle. — Oh ! une si gentille voiture, elle ne va pas nous faire ça, à nous, de ne plus vouloir avancer...

Lui. — C'est que, tout à l'heure, nous sommes repartis si vite... Je comptais renouveler ma provision d'essence... Si nous allions en manquer tout à coup?

Elle. — Ça ne fait rien, mon chéri, nous coucherons dans la voiture, comme dans une roulotte, tu sais bien...

Lui. — Oui, mais tu auras froid ; dans les roulottes, il y a un gros édredon rouge...

La Lilliput. — Crrrr... Crrrrr...

Lui. — Ça y est, elle s'arrête...

Elle. — Je vois une petite lumière... Tu ne crois pas, mon chéri, que c'est la maison de l'Ogre, ou la maison du Petit Poucet?...

Lui. — Si la voiture voulait marcher encore un peu, rien qu'un petit peu... Voici la lisière du bois... un poteau indicateur...

La Lilliput. — Crrrrrr...

Lui. — Cette fois, plus rien à faire !... C'est que je ne sais pas du tout où nous sommes... Je vais jusqu'au poteau.

Elle. — Tu ne me laisses pas toute seule?

LUI. — Viens avec moi... Voyons, qu'est-ce qu'il dit, ce poteau? Comme c'est commode, ces plaques bleues, avec des indications toutes petites et bleues aussi, et perchées tout là-haut, là-haut !... Et je n'ai pas d'allumettes !

ELLE. — C'est ma faute, mon pauvre chéri ; c'est parce que tu as renoncé à fumer, pour me faire plaisir !...

LUI. — Tu m'attends une seconde? Je retourne chercher le phare... Non, reste, ma chérie. Tiens, je chante pour te tenir compagnie...

> La route est belle, belle, belle !
> Songe à ta belle, belle, belle !...

Là, tu vois, tu n'as pas eu peur, ça n'a pas été long... Qu'est-ce qu'elle dit, cette plaque? Sauvés, nous sommes sauvés : *Station, 600 mètres...*

ELLE. — Alors, la petite lumière?...

LUI. — Ça n'est pas la maison de l'ogre, c'est la maison du chef de gare. Six cents mètres, une belle route plate, la distance à peine de la Concorde à l'Opéra... Tu vas remonter dans la voiture : si, si ! je veux ! Elle est si légère... Je vais te pousser dedans comme une petite enfant...

ELLE. — Comme tu es fort, mon chéri !

LUI. — Et tout à l'heure, nous nous ferons servir un bon petit en-cas à l'*Hôtel du Chemin de fer* ou à l'*Hôtel du Départ*... Comment paries-tu qu'il s'appelle, l'*Hôtel du Départ*, ou l'*Hôtel du Chemin de fer*?

ELLE. — Tu crois que nous allons trouver un hôtel?

LUI. — Bien sûr ! Puisqu'il y a une gare, il y a toujours un hôtel, enfin une auberge, un café, où nous serons mieux pour achever la nuit que sur le talus de la route...

Elle. — Et puis, il y aura peut-être même un pays?

Lui. — Non, tu comprends, *station*, ça veut dire qu'il n'y a pas de pays ; c'est des petites gares que l'on place ainsi à deux ou trois kilomètres de deux ou trois villages, pour que tous ces villages aient l'illusion d'avoir leur gare, et aussi parce que ça anime le paysage. Quand on trace une ligne de chemin de fer, il y a des ingénieurs qui se promènent, et qui s'arrêtent tout à coup, et qui disent : — Tiens ! c'est gentil ici, on va y mettre une gare !... Et voilà...

Elle. — Tu dis ça pour m'amuser, et pour que je ne pense pas que tu te fatigues !... Si, si, tu es fort, mais tu te fatigues, mon chéri, et moi je suis une vilaine de me laisser pousser...

Lui. — Nous sommes presque arrivés... Cours devant, et derrière ces arbres, au tournant du chemin, je parie que va apparaître une délicieuse auberge, avec des lauriers-roses, des géraniums et des glycines ; le temps de compter jusqu'à dix : un, deux, trois...

Il y a bien une auberge, en effet, mais elle est en construction ; car la petite gare est toute neuve, et voilà quatre mois à peine qu'elle a été, comme on dit, « ouverte au public » ; c'est la gare de « Saint-Fulcran-Plessis-Malbert », qui ne dessert en réalité ni Malbert (3 km. 200), ni Plessis (5 km.), ni Saint-Fulcran (2 km. 800), mais qui est une amabilité de la Compagnie pour l'un de ses principaux administrateurs, sénateur et propriétaire du château de Saint-Fulcran.

ELLE. — Eh bien ! ça ne fait rien, mon chéri, nous allons nous installer bien gentiment dans la salle d'attente... Je pense qu'il ne doit pas y avoir grand monde, dans cette salle d'attente. Seulement,

est-ce que tu as des pièces de deux sous?
Parce que j'ai un peu faim, tu sais ; alors,
autant tu auras de pièces de deux sous,
autant nous pourrons prendre des ta-
blettes de chocolat dans le distributeur
automatique...

LUI. — Oui, mais voilà bien ma chance !
Je n'ai qu'un billet de cent francs ! Cela
nous apprendra, ma pauvre chérie : on
devrait toujours avoir sur soi des pièces
de deux sous, quand on voyage... D'ailleurs, la gare est fermée à clé, et comme
le distributeur est à l'intérieur...

ELLE. — Mais la salle d'attente aussi
est à l'intérieur... Alors? Alors, est-ce
que nous allons être forcés de rester à la
porte toute la nuit?

LUI. — C'est peut-être ouvert du côté
de la voie? Je vais escalader la balus-
trade...

ELLE. — Et si l'on te prend pour un
cambrioleur?

Lui. — Tu trouves que j'ai l'air d'un cambrioleur?

Elle. — Il paraît qu'il y a des cambrioleurs qui ont l'air très bien ! Non, mon chéri, je ne veux pas que tu sautes, ou alors aide-moi à sauter avec toi... Comme tu es fort, mon chéri, et comme tu es agile !...

Lui. — Rien !... Rien !... Tout est bouclé...

Elle. — Ah ! c'est une petite gare bien tenue...

Lui. — Oui, mais penser qu'il n'y a même pas de marquise ; et voilà la pluie qui commence à tomber pour de bon !... Ma foi ! tant pis, je vais appeler le chef de gare.

Elle. — Non, non, je t'en prie, il sera furieux, cet homme, si tu le réveilles...

Lui. — D'abord, il est peut-être encore réveillé, puisque tout à l'heure tu avais vu

une petite lumière... Et puis, quoi, c'est
son métier !... Monsieur le chef de gare,
monsieur le chef de gare !...

Elle. — Abrite-toi au moins contre le
mur : s'il tirait un coup de revolver...

Lui. — Mais non, ma chérie; et puis, si
je m'abrite contre le mur, il ne me verra
pas. Monsieur le chef de gare !...

Elle. — Alors, je me mets devant toi :
il ne voudra pas tirer sur une femme !
Monsieur le chef de gare !...

Lui. — Chef de gare ! Chef de gare !...

Elle. — Il ouvre sa fenêtre... Prends
garde, mon chéri, prends garde !...

La fenêtre s'entr'ouvre, en effet, avec
précaution; mais le chef de gare qui apparaît derrière les volets n'est pas du tout
effrayant ; c'est un chef de gare pacifique
et sans revolver, un chef de gare qui a une

bonne figure, une assez longue barbe, une casquette blanche et un chandail gris.

LE CHEF DE GARE. — Je descends, messieurs et dames, je descends ; mais ne criez pas si fort, je vous en supplie, ne faites pas de bruit, je descends...

LUI. — Tu vois que ça n'était pas dangereux, ni difficile...

ELLE. — Oui, celui-là n'est pas méchant ; le bon Dieu nous a protégés, mon chéri. Nous avons de la chance...

LE CHEF DE GARE. — Entrez donc, monsieur, madame ; attention, ma lanterne n'éclaire pas beaucoup, il y a un pas ; mais, je vous le demande encore, faites bien doucement. Si vous saviez le mal que j'ai eu pour endormir mon petit garçon !...

LUI. — Mais nous ne voulons pas vous déranger, monsieur le chef de gare ; seulement, il pleut, nous avons eu une panne d'auto, et nous comptions sur l'hospitalité de votre salle d'attente, jusqu'au premier train...

LE CHEF DE GARE. — Le 342...

ELLE. — Il passe 342 trains ici, pauvre monsieur !... Quelle fatigue !

LE CHEF DE GARE. — Le 342, c'est le train léger de 5 h. 47, celui qui assure la correspondance à 8 h. 33, avec le 1212, sur Paris. Avant, il n'y a que le 74, de 22 h. 58. Mais il est une heure passée, vous comprenez, le 74 est parti...

LUI. — Oh ! ça nous est égal, maintenant ; nous attendrons le trois cents... enfin, celui que vous dites, à 5 h. 47, si vous voulez bien nous ouvrir la salle d'attente...

ELLE. — Tu ne demandes pas à ce monsieur, pour le chocolat?

LE CHEF DE GARE. — Lé chocolat du distributeur? C'est que voilà, madame,

comme il n'y a pas de clients, n'est-ce
pas? dans une si petite gare, alors, le chocolat, c'est moi qui le prends tout, pour
mon petit garçon. C'est comme pour la
salle d'attente, c'est ma belle-mère qui y
couche... C'est une très petite gare, je
vous répète, où on n'a pas encore beaucoup l'habitude de venir. Mais je peux
toujours vous installer là-haut, dans ma
petite salle à manger... Mais si, mais si !...
C'est préférable de ne pas déranger ma
belle-mère. Je vous demande seulement
de ne pas faire de bruit à cause de mon
petit garçon...

LE PETIT GARÇON DU CHEF DE GARE. —
Papa, papaaaa...

LE CHEF DE GARE. — Sapristi ! Il s'est
réveillé, c'était fatal ! Vite, montons vite,
monsieur, madame : je vous montre le
chemin...

ELLE. — Oh ! le beau petit garçon !...

LE CHEF DE GARE. — Vous aimez les enfants, madame?

ELLE. — Je rêve d'en avoir beaucoup, beaucoup...

LE CHEF DE GARE. — Certainement, c'est une grande satisfaction ; c'est dommage que celui-là soit si difficile à endormir.

ELLE. — Laissez-moi essayer, monsieur; il est si gentil !... Je suis sûre qu'il va bien vouloir se rendormir tout de suite avec la dame?

LE CHEF DE GARE. — Alors, je vais vous donner mon sifflet, et aussi mon drapeau rouge. C'est une habitude qu'il a prise ; cet enfant ne peut s'endormir qu'avec mon drapeau rouge dans sa menotte, et si on lui siffle un petit air. Croyez-vous, Monsieur? Et sa mère, au contraire, que l'on n'arrive pas à réveiller !... Mais je vais toujours m'occuper de faire une tasse de chocolat pour votre jeune dame...

LUI. — Madame la chef de gare dort sans doute en bas, dans la salle d'attente, avec madame votre belle-mère?

LE CHEF DE GARE. — Non, elle dort dans le 74, le train que vous avez manqué, celui de 22 h. 58. C'est toujours dans celui-là qu'elle monte lorsque ça la prend : elle est somnambule.

LUI. — Somnambule?

LE CHEF DE GARE. — Oui, ça a commencé peu après que j'ai été nommé ici. Depuis quelque temps déjà elle me semblait bien un peu drôle. Elle restait sans rien dire des heures à la fenêtre ; elle était triste, irritée ou inquiète; elle chantait ou pleurait pour un rien ; c'est même à ce moment-là que j'ai fait venir sa mère, censément pour s'occuper de notre petit garçon.

LUI. — De la neurasthénie, sans doute? A la longue, cette trépidation des trains, cela doit quelquefois troubler une femme un peu nerveuse?

LE CHEF DE GARE. — Un soir, au moment de donner le coup de sifflet pour le départ du 74...

LUI. — A 22 h. 58...

LE CHEF DE GARE. — Ce soir-là, il était minuit 12, c'est le retard moyen... Il faut vous dire que je reste toujours en bas à faire mes écritures jusqu'au passage du 74... Qu'est-ce que j'aperçois? Ma femme, avec son chapeau, son manteau de voyage, une petite valise, et qui montait dans un compartiment de secondes, parce que Saint-Fulcran-Plessis-Malbert n'est pas une gare assez importante, et moi comme chef de gare, et ma famille, nous n'avons encore droit qu'aux secondes...

LUI. — Oh ! quand il n'y a pas beaucoup de monde...

LE CHEF DE GARE. — Naturellement, je

ne siffle pas ; je vais à elle, je la prends par le bras : « Où vas-tu? Qu'est-ce que tu fais là? » Elle ne répondait pas, elle me regardait avec des yeux extraordinaires. Je m'emballe... (Mettez-vous à ma place, Monsieur? Et les gens qui étaient aux portières, qui se demandaient pourquoi le train ne partait pas...) Bref, j'empoigne sa valise, je force ma femme à descendre, je siffle ; elle, je la ramène ici, qui me suivait toujours sans rien dire, comme une automate... Et, à peine rentrée, elle a eu une de ces crises de nerfs !...

Lui. — Pauvre monsieur le chef de gare !

Le chef de gare. — Le lendemain, j'ai fait venir le médecin, un jeune médecin très intelligent, très capable, et qui va très souvent à Paris pour se tenir au courant de la science moderne. Il m'a demandé de le laisser seul avec ma femme, pour l'interroger. Et tout de suite, il a

diagnostiqué son mal : un nom savant,
mais nous, vulgairement, nous appelons
ça comme je vous ai dit. — elle est somnambule. Ça la prend tous les huit jours,
tous les dix jours, au moins une ou deux
crises par quinzaine. Tenez, comme hier
soir ; elle se couche vers neuf heures et
demie, tranquille, plutôt gaie ; elle s'en-
dort tout de suite ; et puis, au bout
d'une heure, vous la voyez se lever,
s'habiller, préparer sa valise...

LUI. — Vous ne lui dites rien ?

LE CHEF DE GARE. — Ah ! mais non !
C'est bien là, surtout, ce que m'a recom-
mandé ce jeune médecin : — Pas un mot :
Pas un geste ! Ne la contrariez pas !...
D'ailleurs, elle nous regarde en silence, moi,
son petit garçon, sa mère, mais elle n'a
pas l'air de nous reconnaître. Elle des-
cend sur le quai, elle attend le 74, elle
monte dedans... Et moi je siffle !

LUI. — Et quand revient-elle ?

LE CHEF DE GARE. — Le lendemain soir, jamais plus tard que le surlendemain matin. Et ce qu'il y a de plus étonnant, monsieur, c'est que, quand elle revient ici, elle ne se souvient plus de rien.

LUI. — Quelle maladie singulière !...

LE CHEF DE GARE. — Chut ! Votre dame qui s'est endormie aussi en endormant mon petit garçon... La pauvre petite dame ! Elle était fatiguée ; je lui donnerai son chocolat quand elle se réveillera. Sans indiscrétion, il ne doit pas y avoir longtemps que vous êtes mariés ?

LUI. — C'est notre voyage de noces.

LE CHEF DE GARE. — Ah ! vous ne pouvez pas savoir encore si elle est somnambule !

II

LA TOURNÉE

Ce n'est pourtant pas la faute de Montabart (du théâtre National de l'Odéon) si la tournée Montabart se trouve cet après-midi en panne à la gare des Aunettes, alors qu'on l'attend ce soir à Château-Rambourg, pour y donner une représentation exceptionnelle de *la Trempe*, qui a été, comme chacun sait, le grand succès de la saison parisienne, il y a onze ans... Un tamponnement sans importance, et sans accident de personne, heureusement, a eu lieu la nuit dernière à la bifurcation des Aunettes sur Château-Rambourg; on est en train de dégager la voie obstruée, et le trafic normal ne sera guère repris avant quatre heures du soir.

Comme il n'y a que trois heures de tra-

jet entre Château-Rambourg et les Aunettes, Montabart et sa compagnie
arriveront donc encore à temps pour le
lever du rideau annoncé pour huit heures
et demie, mais évidemment trop tard
pour faire un raccord avant la représentation.

Or, ce qui complique les choses, c'est
que Jenny Jarville, la principale inter-
prète de *la Trempe*, n'a jamais joué *la
Trempe*, et n'a même jamais joué du tout.
C'est une jolie jeune femme élégante,
l'amie et l'élève de Montabart, à qui
Montabart a persuadé qu'il en était de
l'art dramatique comme de la natation,
et que mieux vaut commencer par se
jeter à l'eau : personne n'ignore, au
demeurant, que Montabart nage parfaitement.

Le Maître a consenti à prendre toute la
responsabilité morale de l'entreprise ; il
a traité avec l'auteur ; il a traité avec les
artistes, oh ! sans lésiner, n'est-ce pas?

Il fallait assurer à Jenny Jarville une pièce et un entourage dignes d'elle. *La Trempe*, avec Jenny Jarville, bénéficiera d'une distribution éclatante : Montabart lui-même, bien entendu, Montabart, du théâtre national de l'Odéon, Méry-Corbon, le plus noble des pères nobles, l'irrésistible Saint-Leufroy, et Langalet, le plus élégant des traîtres ; côté des dames : la toujours belle Brucourt, un peu forte, mais si imposante, l'utile et charmante Bissières, et cette petite rosse de Clévilliers, si piquante... Jenny Jarville a su engager sa responsabilité matérielle de manière à dégager brillamment la responsabibilité morale de Montabart ; et, détail prosaïque mais important, tout le monde a reçu son cachet d'avance...

Dire maintenant que ces messieurs et dames ne nourrissent pas l'espérance cachée de voir Jenny Jarville « ramasser la bûche »... « au fond, ce serait moral »‘ a déclaré Méry-Corbon à Brucourt ; et c'est pourquoi tous supportent sans trop d'impatience le retard des Aunettes, assistant avec une allégresse secrète aux angoisses de la « patronne », et s'appliquant même de leur mieux à y ajouter.

Mlle BRUCOURT. — Il paraît que c'est un public assez dur, ce public de Château-Rambourg?

MÉRY-CORBON. — Oh ! c'est plutôt un genre que les habitants se donnent ; on raconte qu'il y a une vingtaine d'années un pharmacien de l'endroit avait fait le pari de siffler Réjane ; il tint son pari, siffla Réjane, et c'est lui qui eut le succès de la soirée. Alors, depuis ce temps, naturellement le pharmacien a eu des émules, et les artistes de passage risquent toujours de se faire « mettre en bocal » : c'est comme ça qu'on dit, à Château-Rambourg, en souvenir du pharmacien.

Mlle CLÉVILLIERS. — Mais vous, ma

petite Jarville, vous voyez bien que vous n'avez rien à craindre : vous n'êtes pas Réjane !... Je veux dire que puisque, là-bas, Réjane a été sifflée, nous devrions tous être fiers si nous étions sifflés...

JENNY JARVILLE. — Vous êtes bien gentille, ma petite Clévilliers, mais moi, je ne joue pas pour être sifflée ou pour avoir du succès ; je joue pour moi-même, pour satisfaire ma conscience artistique. Que les amateurs de Château-Rambourg soient contents ou non, qu'ils me mettent ou non « en bocal », je sais que ma conscience d'artiste ne sera pas satisfaite, ce soir, parce qu'il m'aura manqué une répétition !...

MONTABART. — Eh bien ! mon enfant, rien de plus simple ; je viens de repérer la salle d'attente, il n'y a pas un client, rien qu'un bonhomme qui dort dans son coin. Nous allons être là comme chez nous, pour répéter, et même beaucoup mieux,

j'en suis sûr, qu'au foyer du théâtre de
Château-Rambourg ; je le connais ; la
concierge y fait sécher son linge ; on y
va, mes enfants?

LANGALET. — Jamais de la vie ! Moi,
les gares, ça ne m'inspire pas pour jouer
la comédie ; on y siffle trop !...

MONTABART. — Voyons, mes enfants,
mes enfants !...

LANGALET. — C'est comme cette rage
que tu as de nous appeler « mes enfants » ;
écoute, Montabart, nous ne sommes pas
tes enfants !...

MONTABART. — Comment veux-tu que
je dise? Fils de chameau?...

LANGALET. — Mais non, voyons, puisque je te répète que nous ne sommes pas
tes enfants !... Alors, les camarades feront
ce qu'ils voudront; moi, je vais visiter le
patelin.

MONTABART. — Tu sais que notre train

peut repartir d'un moment à l'autre?

LANGALET. — Ne t'inquiète pas, je suis un type dans le genre de Sarah-Bernhardt, et ce que Jenny n'a pas songé à faire, je ferai chauffer un train spécial (*Exit*).

MÉRY-CORBON. — Laisse-le aller, Montabart ; il va encore tâcher de trouver quelques clientes pour ses agrafes...

MONTABART. — Pourtant, dans la vie, il faudrait choisir : on est comédien, ou on est placier en agrafes pour jarretelles...

SAINT-LEUFROY. — Soyez juste : vous ne voudriez pas que Langalet vécût uniquement avec le talent qu'il a?...

JENNY JARVILLE. — D'ailleurs, nous n'avons pas besoin de Langalet ; nous allons répéter la grande scène du trois, et il n'est que de la fin de l'acte.

MONTABART. — Place au théâtre !... Il n'y a pas beaucoup de meubles, dans cette salle d'attente, mais c'est tout de

même suffisant pour indiquer la planta-
tion. Le fauteuil au premier plan, côté
cour ; et deux chaises, côté jardin ; mon
petit Saint-Leufroy, voulez-vous m'aider
à repousser la table ?... Sacrebleu ! il
n'y a que le dormeur, là, près de la cheminée, qui va bien nous gêner !... Ma foi,
tant pis : place au théâtre !...

LE VOYAGEUR, *se réveillant en sur-
saut.* — L'heure est arrivée?

MONTABART. — Non, monsieur, ni
le train non plus. Mais c'est justement, en
attendant... Nous sommes des comédiens
en tournée, la tournée Montabart. C'est
moi Montabart, du théâtre national de
l'Odéon...

JENNY JARVILLE. — Présentez-moi
aussi...

MONTABART. — Mlle Jenny Jarville, ma
camarade et mon amie... Mlle Jenny Jarville doit jouer, ce soir, pour la première

fois, *la Trempe*, à Château-Rambourg, et,
comme le train arrivera maintenant trop
tard pour que nous puissions répéter, elle
a souhaité de faire ici un dernier raccord...

LE VOYAGEUR. — Voilà qui dénote
une noble conscience artistique.

JENNY JARVILLE. — Ah ! monsieur,
que vous me faites plaisir en disant cela !
C'est précisément le mot dont je me ser-
vais tout à l'heure : je n'ai peut-être que
ça pour moi, mais j'ai de la conscience, je
me flatte d'avoir une conscience d'artiste !... Mais alors, puisque vous me
comprenez, monsieur, vous nous excuserez si nous nous sommes permis de vous
déranger, si nous venons ainsi, mes camarades et moi, troubler votre repos :
Mlle Brucourt, Mlle Clévilliers, Mlle Bissières, Méry-Corbon, Saint-Leufroy. Vous
les connaissez certainement...

LE VOYAGEUR. — Certainement !

MONTABART. — On peut commencer?

LE VOYAGEUR. — Vous m'autorisez à assister?...

JENNY JARVILLE. — Mais, monsieur, nous n'aurions pas osé vous en prier... Nous vous demandons seulement d'être indulgent, et d'oublier que nous vous avons dérangé avec un extrême sans-gêne...

LE VOYAGEUR. — Je ne me féliciterai jamais assez de ma bonne fortune, au contraire. Si les compagnies de chemins de fer pouvaient organiser dans toutes leurs salles d'attente de semblables intermèdes, si elles offraient un tel régal à tous leurs voyageurs, ceux-ci ne se plaindraient plus du retard des trains !

MONTABART. — Allons, mes enfants, dépêchons ! Nous prenons le troisième acte ; nous passons la première scène entre Bissières et Saint-Leufroy...

Mlle BISSIÈRÉS. — Mais pourquoi donc ?

Le voyageur. — Si j'en avais le droit, j'insisterais pour que vous ne passiez aucune scène...

Montabart. — Eh bien, soit ! Bissières, Saint-Leufroy, cette cheminée, n'est-ce pas? représente la fenêtre près de laquelle vous êtes accoudés, au lever du rideau...

Le voyageur. — Oh ! parfaitement : très curieux !...

Montabart. — Et toi, Jarville, attention à ton entrée derrière la table... Ici, la table figurera la tenture derrière laquelle tu es censée surprendre la conversation de Bissières et de Saint-Leufroy : cache-toi dessous, si tu veux, et si ça doit t'aider, pour la vraisemblance...

La répétition commence : tout de suite le voyageur affirme le goût le plus sûr et le plus délicat, manifestant discrètement aux bons endroits, ému quand il le faut, ou riant franchement des mots d'esprit qui émaillent l'étincelant dialogue, ne ménageant pas ses approbations toujours judicieuses, mesurées et opportunes. La présence d'un tel juge galvanise les artistes, et c'est dans un mouvement irrésistible que Montabart et Jenny Jarville attaquent leur grande scène, celle qui, on s'en souvient, a assuré le triomphe de *la Trempe*, et qui se termine, avec un élan magnifique de violence et de passion, par les répliques demeurées célèbres :

MONTABART (*marquis de Loscouët*). — « Gueuse ! »

JENNY JARVILLE (*la marquise*). — « Crapule ! »

MONTABART (*marquis de Loscouët*). — « Garce ! »

JENNY JARVILLE (*la marquise*). — « Voyou ! »

Mais, à ce moment, le gendarme de service, dont la promenade sur le quai de la gare avait été troublée par les éclats de voix, et qui, à pas de loup, s'était rapproché de la salle d'attente d'où lui semblait venir le bruit, le gendarme fait brusquement irruption dans la salle, juste à temps pour séparer Montabart (marquis de Loscouët) et Jenny Jarville (la marquise), en train de se colleter comme des chiffonniers.

LE GENDARME. — Voyons, monsieur, madame, c'est pas des choses à faire dans un lieu public ; c'est désobligeant !...

LE VOYAGEUR. — Voilà bien le plus bel éloge de la justesse et de la vérité de votre jeu !... Ah ! chers grands artistes, vous pouvez être fiers ! Ils peuvent être fiers, gendarme, de votre témoignage ! Oui, laissez-les, gendarme, c'est de la vie, mais c'est du théâtre...

LE GENDARME. — Enfin, c'est de la frime? C'est égal, je dis que monsieur et madame ne devraient pas gueuler comme ça rapport à la gare, — rapport à la bonne tenue de la gare...

LE VOYAGEUR. — Mais, c'est que vous ne connaissez pas la situation ! Comprenez donc que, si le marquis de Loscouët a surpris la correspondance de sa femme avec son amant, c'est parce qu'il était venu crocheter le secrétaire de la marquise pour lui dérober son collier de perles. Je vous en prie, monsieur Montabart, et vous, chère mademoiselle Jarville, si vous vouliez me faire un grand plaisir, vous reprendriez cette scène qui a été si malencontreusement interrompue à l'endroit le plus pathétique. Tenez, mettez-vous à côté de moi, gendarme, et écoutez bien...

MONTABART. — « Gueuse ! »

JENNY JARVILLE. — « Crapule ! »

MONTABART. — « Garce ! »

JENNY JARVILLE. — « Voyou ! »

MONTABART. — Oui, mais maintenant il
faudrait pouvoir enchaîner avec la farandole, tous les invités qui rentrent et qui
nous entourent en dansant et en chantant... Ah ! ça, c'est une rude idée
d'homme de théâtre, et on peut raconter
tout ce qu'on voudra de *la Trempe* et de
son auteur, l'homme qui a imaginé cette
scène-là, et la farandole, Montabart vous
dit : — Celui-là, c'est un homme de
théâtre !... Qu'est-ce que vous en pensez,
gendarme?

LE GENDARME. — Évidemment.

MONTABART. — Alors, soyez gentil, gendarme, soyez chic, et donnez-nous un coup
de main. Vous allez nous tirer d'embarras ;
ça n'est pas bien compliqué, vous n'avez
qu'à prendre, chacune par un bras, ces
deux charmantes dames, — Mlle Bru-

court... Mlle Clévilliers... — et à vous laisser
guider ; et toi, Bissières, tu viens par
derrière, entre Saint-Leufroy, et Méry-
Corbon...

LE VOYAGEUR. — Monsieur Montabart,
vous êtes un metteur en scène de premier ordre !...

MONTABART. — C'est bien ce qui
embête Gémier. Allons, allons, Jarville,
allons, mon petit, chaud, chaud ! On re-
prend et on enchaîne... — « Garce ! »

JENNY JARVILLE. — « Voyou ! »

MONTABART. — A vous, gendarme ! La
farandole... la farandole...

MÉRY-CORBON. — Dis donc, Montabart, il me semble qu'on a sifflé...

MONTABART. — Quel est le salaud?...
Mais non, c'est vrai, il y a le train que
nous oublions...

LE VOYAGEUR. — Et que vous me

faisiez oublier... Il faut absolument, maintenant, que j'aille m'assurer par moi-même qu'on s'est occupé de mes bagages, des bagages très importants. Mais je ne me consolerai pas d'avoir manqué la farandole.

MONTABART. — Ne serez-vous pas ce soir à Château-Rambourg? Peut-être habitez-vous Château-Rambourg?

LE VOYAGEUR. — Non, je viens de Paris, mais je me rends effectivement à Château-Rambourg.

JENNY JARVILLE. — Alors, cher monsieur, ne nous ferez-vous pas le plaisir, le très grand plaisir, d'assister ce soir à notre représentation? Le public de Château-Rambourg est, paraît-il, assez fruste, et nous aurions besoin d'avoir beaucoup de gens comme vous dans la salle. Moi, je sais bien que, si j'apercevais monsieur en entrant en scène, je serais tout de suite rassurée...

MONTABART. — Et nous nous fiche-
rions du pharmacien !

LE VOYAGEUR. — Tout cela est bien
tentant, mais je n'ose cependant vous
promettre. Peut-être serai-je retenu assez
tard à mon arrivée, par différentes forma-
lités, et je dois être levé avant l'aube... En
tout cas, mon cher Maître, et vous, chère
mademoiselle Jarville, et vous tous, mes-
dames et messieurs, croyez que je con-
serverai un souvenir précieux, et que je
vous garderai une gratitude infinie de ces
quelques minutes d'art incomparables que
vous m'avez données... (*Exit.*)

Mlle BRUCOURT. — Voilà un homme
parfaitement élevé et distingué.

JENNY JARVILLE. — Et du goût, et du
tact, et tout...

Mlle CLÉVILLIERS. — Il est un peu solennel.

MÉRY-CORBON. — C'est la vieille politesse française.

MONTABART. — Il est certain que ce serait délicieux de jouer en province si l'on n'y rencontrait que des amateurs de cette qualité.

JENNY JARVILLE. — Oui, mais il nous a bien dit qu'il venait de Paris.

LANGALET. — En bien ! C'est vous, mes enfants, les enfants de Montabart, c'est vous, maintenant qui voulez manquer le train? On repart dans cinq minutes ; je viens de voir le commissaire de surveillance administrative...

MONTABART. — Il porte sans doute des jarretelles?

LANGALET. — Qu'est-ce que tu veux dire avec tes jarretelles, gros malin? En tout cas, le commissaire m'a appris ce que vous ne saviez pas, c'est qu'il y a une exécution capitale demain matin à Château-Rambourg, — de la concurrence pour ta représentation, Montabart ! — et qu'on

4

avait fait diligence pour que le bourreau, qui voyage avec nous, ne rate pas sa correspondance. Oui, mes enfants, pour ceux qui n'ont vu l'homme rouge que dans *Marion Delorme*, voilà une occasion ! Tenez, Jarville, regardez bien ces deux bonshommes qui causent là-bas en s'approchant du fourgon que l'on raccroche? Non, pas le petit gros barbu : celui-là, c'est le commissaire.

JENNY JARVILLE. — Mais l'autre, c'est le Monsieur qui sort d'ici...

LANGALET. — C'est le bourreau.

III

L'ENLÈVEMENT

Comme ils sont arrivés un bon quart d'heure avant le départ du train, depuis longtemps déjà sont épuisées les suprêmes recommandations et les dernières manifestations de tendresse. Toutes les attentions délicates, dont un mari peut combler sa femme, quand elle s'en va seule dans le Périgord, appelée par les soins à rendre à une vieille tante, croyez que M. Landos n'en a négligé aucune à l'égard de Catherine Landos. Le plus récent succès de librairie, ce roman que désigna si heureusement à la faveur publique le prix créé par les mandataires des Halles, marque la place de Catherine, pêle-mêle avec les plus luxueux illustrés.

M. Landos vient de témoigner pour la

huitième fois de son déplaisir de ne pouvoir accompagner sa femme dans un si
long et si fatigant voyage, et, pour la
huitième fois, Mme Landos affirma que la
plus grande preuve d'attachement qu'elle
pouvait donner à sa tante du Périgord
était de consentir ainsi à quitter son mari ;
mais l'un et l'autre ne laissent pas de jeter
vers l'horloge des regards de côté : —
Encore quatre minutes !... Plus que trois
minutes !... — Qui jamais voudrait sup-
poser que cela fût si long, trois minutes,
sur le quai d'une gare, quand on s'est tout
dit et que l'on n'a vraiment plus rien à se
dire ?... Pourtant M. Landos ne voudrait
pour rien au monde s'en aller avant le
train ; il considère que ce serait là un
véritable abandon de poste, de son poste
de mari, et il tient héroïquement jusqu'au coup de sifflet libérateur.

Deux voyageurs occupent avec elle le
compartiment de Catherine Landos ; ils
ont ce teint mat, ces yeux brillants sous les

paupières lourdes, ces doigts chargés de bagues et ces cheveux plaqués, qui font dire d'un homme qu'« il a bien le type espagnol », même et surtout quand il est né à Bordeaux et qu'il y retourne. Et vous pensez qu'ils n'ont pas attendu la station du quai Saint-Michel pour rendre un discret hommage à la beauté de Catherine, en vérifiant d'un geste négligent la bonne ordonnance de leur coiffure et de leur nœud de cravate...

Mais l'agrément qu'ils se promettaient des longues heures passées dans cet étroit réduit avec cette femme jeune et charmante, va se trouver, contre toute apparence et contre tout espoir, inopinément et brusquement interrompu. A peine le rapide s'est-il arrêté en gare d'Austerlitz, qu'abandonnant sur la banquette les luxueux illustrés et même le roman préféré des mandataires des Halles, Catherine saisit le nécessaire et la valise, qu'avait si soigneusement installés dans le filet M. Landos, son mari; elle salue d'un petit signe de tête, en passant devant eux, ses compagnons de voyage, et, légère, saute sur le quai.

Cependant, à l'intérieur de la gare d'Austerlitz, Alfred Jagonas, jeune homme timide, replet et myope, vient de se heurter à la consigne impitoyable de l'employé qui, en haut d'un escalier, défend l'accès des quais et de la salle d'attente : « La salle d'attente? Oui, c'est bien là, monsieur, mais il vous faut un billet de quai ». Et comme, naturellement, l'appareil à distribuer les billets de quai ne fonctionne pas, et que ces billets ne sont délivrés qu'au guichet le plus éloigné, à l'autre extrémité de la gare, l'inquiet et fiévreux Alfred Jagonas se précipite à travers le vaste hall, aux parois ornées d'inscriptions qui affirment en lettres gigantesques : « *Il n'est rien dû aux facteurs pour les services rendus aux voyageurs* », par quoi se manifeste assez le caractère abandonné, désuet et quasi préhistorique (le Jardin des Plantes et le Muséum ne sont-ils pas tout à côté?) du vieil embarcadère des chemins de fer de Paris à Orléans...

Ayant enfin emporté de haute lutte, au guichet n° 6, le talisman réclamé par le dragon galonné de l'escalier, voici Alfred Jagonas, suant et soufflant, dans la salle d'attente.

Elle est minuscule, lugubre et sordide, cette « salle d'attente des 1re et 2e classes »; pour tout mobilier, un banc de jardin, sur lequel, seul habitant de ces lieux désolés, est assis un individu d'aspect négligé mais jovial, sans âge et sans linge, un crayon à la main, et le nez plongé dans un petit carnet comme en ont les blanchisseuses. A l'entrée d'Alfred, qui hésitait sur le seuil, l'individu a levé, puis hoché la tête avec un sourire accueillant et satisfait, et, comme s'il allait au-devant de la question :

— « Non, monsieur, je n'ai pas vu de dame !... »

ALFRED. -— Mais, monsieur...

M. GÉROME. — M. Gérôme, cocu, psychologue et statisticien : je vous dis cela tout de suite, monsieur, pour vous mettre à l'aise, et aussi pour vous rassurer ; car vous pourriez me prendre pour quelque espion gagé par une agence louche, quelqu'un de ces maîtres-chanteurs qui prétendent agir dans l'intérêt des familles... Non, monsieur, j'agis pour mon propre compte, pour ma seule satisfaction personnelle, et si vous me trouvez ici, c'est uniquement pour vous crier « casse-cou ; et vous déclarer d'homme à homme, en ami : Vous allez faire une « bêtise »...

ALFRED. — Encore une fois, monsieur, de quel droit?... Qui vous permet?... De quoi vous mêlez-vous?...

M. GÉROME. — Voyons, monsieur, vous

ne voulez pas me faire croire que vous êtes dans cette salle d'attente pour attendre un train? Je vous ai dit que j'étais psychologue, mais il n'est pas besoin d'une bien grande psychologie pour se rendre compte des choses... La Compagnie d'Orléans n'est pas dirigée par des psychologues, et pourtant il y a belle lurette que ces messieurs ont compris que la salle d'attente de la gare d'Austerlitz n'avait plus d'autre raison d'être que de servir de lieu de rendez-vous à des amours coupables et clandestines.

ALFRED. — Monsieur !...

M. GÉROME. — Calmez-vous, et réfléchissez !... Ou plutôt, simplement, regardez autour de vous dans quel état d'abandon, de vétusté, de délabrement...

ALFRED. — Le fait est qu'il est inconcevable qu'une gare de cette importance...

M. GÉROME. — Mais justement, monsieur, cette gare n'est importante que pour

les couples irréguliers, pour les amants.
Songez donc, c'est si commode, c'est
l'enfance de l'adultère ! L'un monte à la
gare d'Orsay, l'autre à la gare d'Austerlitz... Ou bien, comme vous, monsieur,
on vient attendre à la gare d'Austerlitz la
personne qui est montée dans le train, et
qui a fait des adieux déchirants, cinq minutes auparavant, à la gare d'Orsay... Et
on continue le voyage ensemble, par la
gare de Lyon qui est assez proche : c'est
l'enfance de l'enlèvement...

ALFRED. — Mais enfin, Monsieur, qui
vous avait appris?...

M. GÉROME. — Chut !... Chut !... Je ne
vous demande pas de confidences... Je
vous ai dit que j'étais statisticien, monsieur : vous voyez ce petit carnet, ce modeste petit carnet ; eh bien, j'en ai près
d'une soixantaine de semblables où j'ai
consigné au jour le jour mes observa-
tions. Quel répertoire, monsieur !... Cela

m'a permis de constituer un dossier formidable à l'appui de la pétition que j'ai adressée à la Compagnie d'Orléans, aux deux Chambres, et au Président de la République... Oui, monsieur, j'estime et j'établis, pièces en mains, que le voisinage et la coexistence des deux gares d'Orsay et d'Austerlitz sont un encouragement détestable à la licence des mœurs, et au relâchement des liens conjugaux. Mais on me répond par des arguments techniques, par des raisons de trafic, ou plus exactement on ne m'a jamais répondu...

ALFRED. — Parbleu !

M. GÉROME. — Eh, oui ! parbleu !... Ça les gêne !... Oh ! je mets en dehors la personnalité du président de la République ! Mais si vous imaginez qu'il n'y a pas des ingénieurs, des députés... Ah ! si j'étais tant soit peu friand de scandale, si je consentais à livrer à la publicité mes soixante carnets !...

ALFRED. — J'aime à croire que vous seriez immédiatement coffré !...

M. GÉROME. — Qu'importe, monsieur? Vous ne comprenez donc pas que c'est une mission que j'accomplis, et que, lorsqu'on accomplit une mission, on ne s'arrête ni aux risques, ni aux contingences? Chaque jour, je m'installe dans cette salle d'attente, j'y guette les imprudents comme vous...

ALFRED. — Comme moi?...

M. GÉROME. — Eh oui ! comme vous : et je cherche à leur ouvrir les yeux, à leur faire entendre raison, à leur montrer vers quels soucis, quels tracas, quels embêtements ils se précipitent eux et leurs complices. Comprenez donc que ce que j'en fais, c'est dans votre intérêt, uniquement dans votre intérêt. Moi, qui suis cocu, ai-je l'air embêté, ai-je l'air malheureux? Je n'ai sans doute pas le plaisir de connaître le mari de la personne que vous attendiez ici, le mari qui est resté, agitant son mouchoir, sur le quai de la gare d'Orsay...

ALFRED. — Je vous défends...

M. GÉROME. — Paris est petit ; il est possible après tout que je le connaisse ; mais, encore une fois, je ne vous demande pas de confidences. Que je le connaisse ou non, je sais bien qu'à peine le train disparu, arrive que plante!... Il a quitté la gare en sifflant un petit air de chasse, il est allé faire sa partie de bridge, s'il aime à jouer au bridge, et il pense qu'il ne rentrera chez lui ce soir qu'à l'heure qui lui plaira. En tout cas, il est en ce moment bien tranquille, et c'est vous, monsieur, que je vois là anxieux, nerveux, fiévreux, — et ça ne fait que commencer!... Car c'est très joli d'enlever une femme, mais les complications, monsieur, avez-vous réfléchi à toutes les complications matérielles qu'entraîne un enlè-

vement? Tenez, rien que les bagages...
avez-vous songé à l'enregistrement des
bagages? Il y a ainsi une foule de petits
détails, insignifiants en apparence, source
de mille ennuis, et de malentendus déplo-
rables ; c'est tout cela que je m'attache
à expliquer aux gens dans votre cas, alors
qu'il en est temps encore, lorsque je les
rencontre dans cette salle d'attente ou
dans l'autre...

Alfred. — Il y a une autre salle
d'attente?

M. Gérome. — Celle qui est sur le quai :
c'est également, pour moi, un observatoire
de tout premier ordre !...

Alfred. — Il y a une autre salle
d'attente !... Pourquoi ne me l'avez-vous
pas dit tout de suite?

M. Gérome. — Mais comprenez donc !...
Arrêtez, arrêtez, jeune insensé !...

Mais le jeune insensé est déjà loin.

Alfred Jagonas a dégringolé quatre à quatre un escalier, remonté précipitamment vingt autres marches, et le voici qui s'en va de porte en porte, du télégraphe à la lampisterie, du bureau des commissaires à celui des sous-chefs de gare, à la recherche de cette salle d'attente, qu'un homme d'équipe compatissant finit par lui indiquer là-bas, sur le quai de la voie numéro 5, — eh bien ! oui, le long bâtiment vitré, derrière la bibliothèque, — « Mais non, Monsieur, pas par là !... pas par là !... Par les escaliers!... »

Mais vous pensez si Alfred Jagonas, après tout ce temps perdu, va s'amuser encore à « prendre les escaliers »...! Malheureusement l'inscription qui défend aux voyageurs de traverser les voies et leur recommande formellement d' « emprunter le souterrain », est d'une date apparemment plus récente et d'une application assurément plus stricte que celle qui, à l'intérieur de la gare, préconise la gratuité des services rendus par les facteurs. A peine l'impétueux Alfred, franchissant le trottoir interdit, s'est-il inconsidérément engagé sur les rails, que dix voix impérieuses : — « Eh, là-bas !... Eh, là-bas ! eh ! l'homme !... » — le contraignent à rebrousser chemin ; et même un employé qui, en dépit de son simple chapeau melon, doit détenir des fonctions aussi importantes que s'il était coiffé de la casquette la plus galonnée, invite, après un échange de propos courtois mais désobligeants, Alfred Jagonas à le suivre dans son cabinet.

Ironie du sort, et piquante revanche de la pondération et de la discipline ! Si, moins fébrile et plus respectueux de la police des chemins de fer, Alfred avait tout bonnement, docilement, « emprunté le souterrain », il y eût, au même instant, rencontré Catherine Landos. Car, elle aussi, Catherine vient d'abandonner la salle d'attente du quai, pas beaucoup plus

confortable que la salle d'attente de l'intérieur, encore qu'elle s'orne d'une glace et
d'une garniture de cheminée qui représente un dompteur de chevaux aux prises
avec un coursier fougueux et cabré : fine
allusion sans doute aux différents accidents de locomotion qui, tous, ne sont
pas causés par la locomotion ferroviaire...
Après avoir distraitement considéré l'aca-
démie du dompteur de chevaux, après
s'être regardée complaisamment dans la
glace, Catherine Landos a commencé de
trouver étrange, inconvenant, inconcevable, qu'Alfred Jagonas se montrât
ainsi inexact, et ne fût pas le premier au
rendez-vous convenu, dans la salle d'attente des premières de la gare d'Austerlitz, d'où un taxi discret et rapide les
devait emporter tous deux, émus et
serrés, vers le bonheur et la gare de Lyon...
Mais, comme elle a l'esprit précis et pratique, Catherine s'est avisée bien vite de
quelque confusion, et, renseignée par la

bibliothécaire, elle s'est acheminée, en
« empruntant le souterrain », vers la salle
d'attente, où M. Gérôme l'accueille, em-
pressé et joyeux :

— « Non, madame, ce monsieur n'est
plus là !... »

CATHERINE. — Mais, monsieur...

M. GÉROME. — C'est bien vous la
dame qu'attendait ce jeune monsieur, un
jeune monsieur un peu gros, un peu myope,
mais l'air doux et gentil ?...

CATHERINE. — Alfred !

M. GÉROME. — Chut !... Chut !... Pas de
noms, pas de confidences !...

CATHERINE. — Mais, comment savez-
vous?... Ah ! vous êtes de la police !...
Mon mari m'a fait suivre... Le lâche ! Le
lâche !...

M. GÉROME. — Calmez-vous, madame !
Votre mari ne se doute de rien, et je ne

suis pas de la police ; je suis un ami, Madame, un ami de la morale et de la tranquillité publiques ; et c'est en leur nom que j'ai persuadé ce monsieur... Alfred, de ne pas vous attendre davantage...

CATHERINE. — Comment ? Alfred était là, et il ne m'a pas attendue, et il est reparti !... Le goujat ! Le goujat !...

M. GÉROME. — Calmez-vous, madame, et bénissez le ciel au contraire que M. Alfred se soit laissé convaincre, comme je ne tarderai pas à vous en convaincre vous-même, de la folie que vous alliez commettre, de l'abîme qui s'ouvrait devant vos pas... Les préparatifs d'un enlèvement, madame, quelle fièvre grisante !... Le jour de l'enlèvement, comme aujourd'hui, on est encore dans la fièvre, dans l'action... Mais, le lendemain, mais le surlendemain !... Croyez-moi, madame, vous l'aurez échappé belle, et vous serez telle-

ment plus tranquille quand vous serez
rentrée chez vous !...

CATHERINE. — Rentrer chez moi !...
Mais, maintenant, mon mari... Mon mari
qui me croit au moins aux Aubrais, plus
loin que les Aubrais...

M. GÉROME. — Votre mari croira ce que
vous lui direz, — et, par exemple, que
vous étiez descendue pour acheter un
livre, ce livre fameux qu'ont couronné les
mandataires des Halles...

CATHERINE. — Mon mari me l'avait
acheté à Orsay...

M. GÉROME. — Bah ! Vous ne serez pas
en peine !... Qui sait d'ailleurs si votre
mari ne rentrera pas après vous, et s'il
ne sera pas alors plus préoccupé de vous
expliquer son absence, que des explica-
tions que vous pourriez lui donner de
votre retour ?... Rentrez, madame : un
voyage de cinq minutes aura suffi à vous

faire goûter au départ l'odeur troublante et capiteuse de l'aventure, et mieux apprécier à l'arrivée les saines et paisibles joies de la morale et de la raison triomphantes...

CATHERINE. — Orsay, quel parfum !...

M. GÉROME. — Austerlitz, quelle victoire !...

IV

LE TRAIN PRÉSIDENTIEL

Quand on avait appris que le train présidentiel, qui devait primitivement brûler la gare de La Marche, s'arrêterait, cédant aux sollicitations et à l'influence du député Martin-Mitron, — s'arrêterait de 8 h. 47 à 8 h. 58, ce qui laissait largement le temps au Président de la République de recevoir un bouquet et d'embrasser une petite fille, — la population marchoise a aussitôt, d'un cœur unanime et sans hésitation possible, désigné la petite fille qui serait embrassée par le Président : Germaine Tournoix, la fille du pharmacien de la rue Grande. Et ce n'est pas seulement parce que le loyalisme républicain de Tournoix est inattaquable, et que ce pharmacien, un des grands électeurs de Martin-Mitron, passe pour l'Eminence Grise de la sous-préfecture, mais tout simplement, parce qu'à La Marche, lorsqu'on pense à une petite fille qu'il serait agréable d'embrasser, on pense à Germaine Tournoix.

Elle est blonde et rose, évidemment ; mais surtout elle a des yeux d'une candeur dont l'excès même finit par devenir gênant. Car Germaine, qui n'a pas encore tout à fait treize ans, a bien l'air d'une petite fille, et néanmoins, auprès d'elle, et quand on la regarde et qu'elle vous regarde, on n'est pas aussi tranquille (je vous donne l'impression d'hommes sérieux, de personnes posées, comme le sous-préfet ou le principal du collège), on n'est pas aussi tranquille qu'il conviendrait de l'être avec une petite fille de douze ans et demi. Germaine Tournoix apparaît le type même de ces fillettes, dont parlent les journalistes dans de brefs articles intitulés : « Etrange disparition d'une fillette », et dont le signalement précise, neuf fois sur dix, que la disparue était « plus développée que son âge », ce qui, sans être d'un style excellent, s'entend de reste et parle d'une façon suffisamment claire à notre imagination.

Donc, Mme Tournoix n'a été nullement surprise lorsque le sous-préfet Grisolles est venu officiellement lui demander sa fille Germaine pour la faire embrasser, à la gare, entre 8 h. 47 et 8 h. 58, par le Président de la République. Le sous-préfet n'a d'ailleurs point manqué d'ajouter en badinant : « — Le Président préférerait sans doute embrasser la mère !... » — Car Mme Tournoix sera toujours la Belle Pharmacienne, et, du temps qu'elle s'appelait Blanche Leturc, elle et ses deux sœurs, Antoinette qui a épousé la quincaillerie Furet frères et Valérie qui est mariée avec l'architecte départemental, les trois demoiselles Leturc étaient couramment connues et désignées, dans tout le département du Plateau-Central, comme les « Trois Grâces » de La Marche.

Digne fille d'une des Trois Grâces, Germaine Tournoix n'a pas semblé plus troublée que sa mère n'était surprise, lorsque le sous-préfet lui a demandé si elle n'aurait pas peur quand le Président l'embrasserait ; et, pour bien montrer qu'elle n'aurait pas peur, elle s'est laissée gentiment embrasser par le sous-préfet, et lui a même rendu maladroitement son baiser sur la bouche.

Et c'est également sur la bouche que cette enfant délicieuse, toute pleine d'une ingénuité et d'une gaucherie ravissantes, a rendu le baiser de M. Bedu, le principal du collège, quand M. Bedu, qui enseigne aussi la rhétorique à ses collégiens et qui est poète, lui eut apporté le « compliment » que Germaine devra réciter au Président en lui remettant « quelques fleurs » :

Ces quelques fleurs, Monsieur le Président,
  En leur langage symbolique,
Vous diront mieux que moi, qui ne suis qu'une
                             'enfant :
  — Vive le Président ! Vive la République !

Aimables vers, qui ont rappelé à la Belle Pharmacienne l'époque où le même M. Bedu rimait des triolets aux Trois Grâces : « Blanche, Antoinette et Valérie, — Valérie, Antoinette et Blanche... » Mais ne nous attendrissons pas !... Aussi bien, Mme Tournoix n'a guère le temps de s'attendrir, si elle veut que la robe blanche de Germaine soit prête d'ici à demain matin. On ne se fait pas embrasser par le Président de la République, on ne lui remet pas un bouquet, sans une toilette spécialement appropriée et qui doit d'abord être blanche. Et quand on vous prévient seulement la veille que le train, qui ne devait pas s'arrêter, s'arrêtera à 8 h. 47... Heureusement, Mme Tournoix ne se contente pas d'être l'une des Trois

Grâces, elle est adroite comme une fée, et c'est bien le diable si elle ne se débrouille pas avec la robe de première communion de Germaine : il n'y a pas si longtemps que Germaine a fait sa première communion...

Mais Germaine, ce soir, ne peut être d'aucun secours à sa mère : d'abord, cette petite n'aime pas coudre, — son piano, oui, tant que vous voudrez, et ses leçons de littérature, mais elle n'aime pas coudre !... Et puis aujourd'hui il est exact qu'elle a une excuse excellente et qu'il faut bien qu'elle apprenne son compliment au Président. Alors, tandis que Mme Tournoix taille, coupe, s'ingénie, et travaille à la robe blanche, Germaine, avec le manuscrit de M. Bedu, a couru vers son asile de prédilection, le petit hanger qui est au fond de la deuxième cour, là où l'on range les bouteilles d'eau minérale vides ; et elle n'a pas eu longtemps à attendre pour voir arriver son cousin Léopold Furet, dit Léo, celui, qui, aussitôt atteinte sa quinzième

année, a déclaré à la quincaillerie Furet
frères que le commerce du fer était pour
lui sans attraits, et a voulu entrer comme
élève chez son oncle Tournoix, pour s'ini-
tier aux secrets de l'herboristerie.

Tout de suite, Germaine a bien vu que
le cousin Léo « avait quelque chose » ;
mais cette bonne petite fille, au lieu de lui
demander « Qu'est-ce que tu as ? », l'a simplement embrassé d'abord comme le
principal du collège et comme le sous-
préfet.

Léo. — Oh! toi, n'est-ce pas? laisse-moi
tranquille !... J'en ai assez que tu m'embrasses, que tu embrasses tout le monde,
et tous ces vieux dégoûtants !... Et puis,
qu'est-ce qu'on m'a raconté encore? Que
tu allais embrasser le Président de la
République?

Germaine. — Le Président de la République n'est pas un vieux dégoûtant.

LÉO. — Oui? Eh bien ! ma vieille, moi, je suis venu te dire une bonne chose : je ne veux pas que le Président de la République t'embrasse, ni que tu embrasses le Président de la République ; j'en ai assez, j'en ai assez !...

GERMAINE. — Mais tu es fou, mon petit Léo, qu'est-ce qui te prend? Je ne peux pas refuser : c'est un grand honneur !

LÉO. — Un honneur de se faire embrasser, merci bien !... Tu as une façon de comprendre l'honneur ! Ça promet !...

GERMAINE. — Et puis maman a promis, justement, elle a promis au sous-préfet...

LÉO. — Oh ! ta mère, avec son sous-préfet !... Il peut lui demander ce qu'il voudra, le sous-préfet ! Eh bien ! qu'elle l'embrasse, ta mère, son sous-préfet !... Je ne veux pas que tu embrasses le Président de la République !...

GERMAINE. — Mais ça n'a pas d'importance, voyons !... Ce n'est pas moi qu'il embrasse, le Président, c'est la ville de La Marche, c'est un symbole, comme écrit M. Bedu :

Ces quelques fleurs, Monsieur le Président,
    En leur langage symbolique,
Vous diront mieux que moi qui ne suis qu'une
                                [enfant :
    — Vive le Président ! Vive la République !

Et puis, qui est-ce qui les réciterait, alors, les vers de M. Bedu?

LÉO. — Les vers de M. Bedu !... Ils sont jolis, ils sont propres ! Mais moi je t'en ferai, des vers, je t'en ferai tant que tu voudras :

    La brigantine
    Qui va tourner
    Roule et s'incline
    Pour m'entraîner...

    O ma Germaine,
    Je veux poser

Sur ton haleine
Un doux baiser !

Une nuit d'orgie,
Pour moi n'est qu'un jeu,
Ma lèvre rougie
Ne craint pas le feu !...

Ça, c'est des vers !...

GERMAINE. — Ils sont de toi?

LÉO. — Bien sûr !... Va, tu ne me connais pas, ma vieille ; mais tu apprendras à me connaître ! Et d'abord, je te le répète, pas de baiser au Président de la République ! Sinon, tu entends bien ce que je te dis, sinon je fais un malheur !...

GERMAINE. — Mais pourquoi? Pourquoi?

LÉO. — Parce que, si je t'épouse, et je t'épouserai, je ne veux pas avoir les restes du Président de la République. Je ne veux pas que, toute ta vie et toute la mienne, il y ait des gens qui se rappellent, et qui me rappellent, qu'ils t'ont vue embrasser, en pleine gare de La Marche, devant toutes les autorités réunies, et les fanfares, et tout le tremblement !...

GERMAINE. — Mais, c'est trop tard, je ne peux plus... Et maman qui est en train de préparer ma robe blanche !...

LÉO. — Ça ne me regarde pas, débrouille-toi. D'ailleurs, si tu persistes à vouloir embrasser le Président de la République, tu seras cause d'un grand malheur, de plusieurs grands malheurs !...

GERMAINE. — Mon Dieu !... Mon Dieu !...

On devine après cela quelle nuit épouvantable a passée la pauvre Germaine. Ce ne furent que cauchemars, baisers et déraillements. Aussi quand, dès six heures du matin, le pharmacien Tournoix, qui se pique d'une grande admiration pour Pierre Loti, et vous confie volontiers que, si sa famille n'avait pas contrarié sa voca-

tion, il aurait été officier de marine, quand
Tournoix a sonné le grand branle-bas
dans la pharmacie, et poussé son cri
favori : — « Tout le monde sur le pont ! » —
Mme Tournoix et Tournoix lui-même ont
pu malheureusement constater que Germaine avait une mine de papier mâché.

M. TOURNOIX. — Évidemment, ça
l'émeut, cette petite !... Mais, va, ma Germaine, dis-toi bien qu'un Président de la
République, ça n'est qu'un homme comme
un autre !... Madame Tournoix, viens
donc m'aider à mettre ce sacré bouton de
faux-col...

Mme TOURNOIX. — Laisse-moi d'abord
habiller la petite ; quand elle aura sa robe
blanche, je serai plus tranquille.

M. TOURNOIX. — Et puis, il faut déjeuner, déjeuner un peu sérieusement... Je ne
veux pas que Germaine ait une faiblesse
à la gare, émue comme elle l'est déjà...

Sans compter que ça serait d'un effet dé-
plorable, une fille de pharmacien !... **La
fille du pharmacien ne doit jamais être
malade !...** Donc, ma petite Germaine, tu
vas me faire le plaisir de prendre un grand
bol de chocolat, avec, au moins, trois tar-
tines !... Léo n'est pas là?...

Mme TOURNOIX. — Je l'ai entendu qui
se levait de très bonne heure...

M. TOURNOIX. — Oui, ces gamins, des
cérémonies comme celle de ce matin, avec
la fanfare, toutes les autorités en uniforme, ils n'en dorment pas de la nuit !...
Il a dû filer tout de suite à la gare, être un
des premiers arrivés pour avoir une bonne
place et ne rien perdre du spectacle.
Hein ! Germaine : il veut être là pour voir
sa cousine embrassée par le Président de
la République ! Cela se comprend, ce garçon ! Ce sera pour lui un grand souvenir !... Mais qu'est-ce que tu as, Germaine, qu'est-ce que tu fais?

Mme TOURNOIX. — Germaine !... Germaine !... Oh ! maladroite !...

Est-ce ce que son père et sa mère disaient de Léo qui lui a causé ce grand tremblement nerveux, — bien sûr il n'est parti si tôt que pour mettre ses menaces à exécution ! — ou bien l'aurait-elle fait exprès, et fut-ce de sa part quelque subterfuge héroïque, voici que Germaine, qui tenait à la main son bol de chocolat rempli, l'a brusquement laissé échapper : et, catastrophe ! le chocolat s'est tout entier répandu sur la robe blanche.

M. TOURNOIX. — Éponge, éponge vite !... Prends la carafe d'eau...

Mme TOURNOIX. — Voyons, tu es pharmacien, tu es chimiste : tu dois bien savoir que ce chocolat ne va pas s'en aller comme ça, instantanément, avec de l'eau !... Non, il n'y a plus maintenant qu'à y renoncer. Germaine, enfant stupide, je ne sais ce qui me retient de la fesser comme si elle avait cinq ans !... Ote ta robe, et va au lit !...

M. TOURNOIX. — Mais c'est un désastre !... Qui est-ce qui va embrasser le Président de la République, qui est-ce qui va lui remettre un bouquet?

Mme TOURNOIX. — Moi.

M. TOURNOIX. — Toi, ma bonne amie...

Mme TOURNOIX. — Nous avons accepté une responsabilité, et il est trop tard à présent pour que l'on puisse songer à s'adresser à d'autres... Et puis, quoi, je suis la mère, j'expliquerai au Président, j'en appellerai à toutes les mères...

M. TOURNOIX. — Et il t'embrassera?

Mme TOURNOIX. — Tu le plains?

M. TOURNOIX. — Et le compliment?

Mme TOURNOIX. — J'y songe; au lieu et:

Vous diront mieux que moi qui ne suis qu'une
[enfant,

je dirai :

Vous diront avec moi qui n'ai eu qu'un enfant...

Ce qu'il faut d'abord, n'est-ce pas ? c'est
sauver la situation...

M. Tournoix. — Tu es une bonne
femme, et une femme de tête ! Aide-moi
vite à mettre mon bouton de faux-col ; on
doit commencer à s'impatienter là-bas, à
la gare...

Mais non, on a cessé, hélas ! de s'impatienter... Car au moment où, dans la salle
d'attente, transformée en un véritable
jardin d'hiver par les soins et le goût de
l'horticulteur Truchot (fleurs naturelles,
couronnes funéraires), — « On ne fait pas
mieux à Nice ! » s'était écrié Babinet, le
percepteur, qui n'est d'ailleurs jamais
allé à Nice... — au moment où un frémis-

sement agitait déjà les cuivres de la fanfare, où les vétérans et les pupilles pre-
naient l'alignement, où M. Bedu, principal
du collège et poète officiel, s'inquiétait de
n'avoir pu faire, une suprême fois, répéter
Germaine : — « Mais, où est donc cette
enfant, où est-elle donc? » — le sous-préfet Grisolles, fort impressionnant avec son
habit brodé, sa « frégate », son épée à
poignée de nacre et son pantalon à bande
d'argent, Grisolles, appelé au téléphone, a
été avisé que, par suite d'une nouvelle
modification dans l'horaire, le « batte-
ment » de onze minutes prévu en gare de
La Marche ne pourrait avoir lieu, et que le
train présidentiel se contenterait de ra-
lentir, pour que le Président pût se montrer et saluer à la portière, et entendre en
passant la *Marseillaise* et les acclama-
tions... Et voilà qui apprendra au député
Martin-Mitron à voter, comme il l'a fait
hier, contre le Gouvernement !

Telles sont les nouvelles apportées dans

sa chambre, à Germaine, par le jeune
Léo.

Léo. — Tu vois que ce n'était pas la
peine d'apprendre les vers idiots du père
Bedu. Ou plutôt, si, tu vas me les dire, à
moi, les vers idiots du père Bedu. Allons,
je vous écoute, n'ayez pas peur, ma petite
fille...

Germaine :

Ces quelques fleurs, Monsieur le Président,
    En leur langage symbolique,
Vous diront mieux que moi, qui ne suis qu'une
                              [enfant...

Léo. — Une enfant, une enfant, on dit
toujours ça !... Et maintenant embrasse-
moi ; pas comme ça, voyons : sur la bouche, comme si j'étais le Président de la
République !...

V

L'ACCOUCHEMENT

Évidemment on n'eût jamais supposé que les choses se précipiteraient ainsi, et que l'événement pût être aussi proche. La semaine dernière, le docteur était encore venu, qui, après examen, avait assuré que ce n'était certainement pas pour tout de suite, et que, dans ces conditions, il n'y avait aucun inconvénient à se mettre en route pour Mont-de-Marsan, puisque la jeune Mme Jambage tenait à faire ses couches chez sa mère. Mais sait-on jamais avec les primipares? Or, bien que mariée depuis onze ans (vous pensez, quelle joie, cette grossesse !...) Mme Jambage est primipare, et il faut bien croire qu'en pareil cas les plus malins s'y trompent...

Le certain, c'est qu'au bout de trois

heures à peine, — erreur de diagnostic ou
fatigue du voyage, — la malheureuse
jeune femme qui, jusque-là, avait lutté
de son mieux pour ne pas inquiéter son
mari, a dû céder à des douleurs particulièrement significatives. Mis au courant,
M. Jambage a perdu tout son sang-froid ;
après s'être précipité dans le couloir du
wagon à la recherche bien improbable
d'un spécialiste, et après avoir constaté
que les autres compartiments étaient,
comme le leur, et ainsi qu'ils s'en étaient
inconsidérément félicités au départ, à
peu près vides de voyageurs, sauf ici un
petit enseigne de vaisseau en uniforme,
qui dormait d'un sommeil de mousse, et là
une vieille demoiselle probablement anglaise et sûrement inexpérimentée, plon-
gée dans la lecture d'un magazine, le père
éventuel désespérant d'un secours immé-
diat, et de plus en plus affolé par les sour-
des plaintes de sa femme, M. Jambage, d'un
geste angoissé, a tiré le signal d'alarme.

Le signal a fonctionné contre toute
attente, — on a vu le convoi s'arrêter
brusquement, les voyageurs se pencher
aux portières, et le chef de train se diriger
vers le compartiment où, pâle et le front
emperlé de sueur comme si c'était lui-
même qui se fût trouvé dans ia situation
de Mme Jambage, M. Jambage, en lui
tapotant nerveusement les mains, prodi-
guait, faute de mieux, à cette dernière
des paroles de modération, de réconfort et
d'encouragement.

LE CHEF DE TRAIN. — C'est vous qui
avez arrêté le train? Où est-il? Par où
s'est-il sauvé?... Le bandit qui vous a
attaqué était-il masqué?

M. JAMBAGE. — Mais non, monsieur,
j'ai arrêté le train parce que ma femme
va accoucher...

LE CHEF DE TRAIN. — Ah ! je vois ce
que c'est, vous êtes un farceur !... Voilà

une petite farce qui pourra vous coûter cher!... Comment vous appelez-vous ?...

M. JAMBAGE. — Plût au ciel que je fusse un farceur et que ma femme n'endurât pas ce qu'elle endure !... Mais vous ne l'avez donc pas regardée, ma pauvre femme !... Vous n'avez donc pas de cœur, monsieur le chef de train, vous n'êtes ni marié, ni père de famille...

LE CHEF DE TRAIN. — Le règlement dit que vous ne devez tirer le signal qu'en cas de motif grave...

M. JAMBAGE. — Vous trouvez que ce n'est pas un motif suffisamment grave, les premières douleurs de l'enfantement?...

CHŒUR DE VOYAGEURS. — La France se dépeuple, la France manque d'enfants !... Nous arriverons en retard à nos rendez-vous urgents, nous manquerons la correspondance, nous nous passerons de déjeuner et de dîner!.... Mais il ne sera pas dit que nous n'aurons pas, de toute notre sympathie patriotique, facilité la tâche de cette femme admirable, qui, dans ce compartiment de chemin de fer, fait de son mieux pour repeupler la France! Nous resterons ici autant qu'il faudra, chef de train! Mais sans protester, sans nous plaindre, nous acceptons de ne repartir qu'après la délivrance de cette mère vaillante, nous souhaitons de ne repartir qu'avec un petit Français de plus — un ou même deux...

M. JAMBAGE. — J'en appelle à tous les pères...

LE CHEF DE TRAIN. — Ce n'est pas de demeurer en rase campagne qui facilitera beaucoup les choses pour votre dame, mon cher monsieur. Sans compter que nous risquons ainsi le tamponnement ou le télescopage, et que, pour avoir un petit Français de plus, il ne faudrait tout de même pas en laisser écrabouiller une centaine : ce serait un mauvais calcul. Alors, je vais faire repartir le train ; mais la gare de Saint-Julien est à onze kilomètres 400, et, au lieu de la brûler, comme c'est prévu sur l'horaire, on s'arrêtera le temps de vous déposer à la salle d'attente. Saint-Julien n'est pas une grande ville, ça n'est pas une gare d'express, mais vous y aurez tout de même plus de ressources et de secours que sur ce remblai !...

CHŒUR DES VOYAGEURS. — Il est agréable de voir un employé d'un service public témoigner à la fois de tant de bon sens et d'une si heureuse initiative. Bravo, chef de train, bravo, bravo ! Non, la France n'est pas morte, car un pays qui possède de tels fonctionnaires a des réserves magnifiques de vitalité et de prospérité.

LE CHEF DE TRAIN. — Allons, madame, courage ! C'est l'affaire de dix petites mi-

nutes... Prenez sur vous !... Courage jusqu'à Saint-Julien !...

Mme JAMBAGE. — Nous appellerons
notre enfant Julien...

M. JAMBAGE. — Ou Julienne....

LE CHEF DE TRAIN. — Prenez sur
vous !... Prenez sur vous !...

L'arrêt inopiné, à Saint-Julien, de l'express de Mont-de-Marsan, a jeté le trouble
dans le personnel de la gare et provoqué
en particulier chez le chef de gare la plus
désagréable émotion. Car le chef de gare,
au « Café du Départ », faisait avec le vérificateur des poids et mesures sa quoti-
dienne partie de jacquet ; et si passion-
nante était la partie qu'au moment où fut
annoncé, comme à l'ordinaire, le passage
de l'express : — « Bah ! pour une fois, il
passera bien sans moi !... », s'était écrié
le chef de gare, en agitant les dés dans son
cornet, pour un coup décisif...

Et voilà que l'express, au lieu de disparaître aussitôt, dans un nuage de fumée et un fracas de plaques tournantes, voilà que l'express de Mont-de-Marsan ralentissait sa marche, sifflait, soufflait, et finalement stoppait en pleine gare de Saint-Julien. Accident? Panne de machine? Un attentat peut-être, ou, éventualité la plus grave, visite, inspection, de quelque personnage d'importance? Et lâchant son cornet, et bien que les dés, en tombant, marquassent « tous les cinq », point superbe et dont l'opportunité eût sans doute consommé la défaite du vérificateur des poids et mesures, le chef de gare, la casquette en bataille, a planté là son partenaire, bondi hors du « Café du Départ », et regagné en toute hâte le quai de la gare dont il est le chef, où l'on s'étonnait déjà de le chercher et de l'appeler en vain, et où s'avance, émouvant cortège, vers la salle d'attente, la dolente Mme Jambage, soutenue par M. Jam-

bage son mari, et par l'aimable chef de
train.

CHŒUR DES VOYAGEURS. — Hasard et
mystère de la natalité! L'enfant, qui bien-
tôt poussera ses premiers vagissements
dans l'humble salle d'attente de cette
petite gare, peut-être deviendra-t-il un
explorateur fameux, un grand capitaine,
un poète illustre, un savant, dont les dé-
couvertes bouleverseront le monde? Et
si cet enfant est une femme, peut-être,
photogénique entre les photogéniques,
sera-t-elle une des reines de l'écran ; peut-
être aussi et tout simplement épou-
serat-elle un chef de gare ? Hélas !
l'heure nous presse, la locomotive s'impa-
tiente, il nous faudra oublier cet inci-
dent de voyage et nous ne saurons
même pas si c'est une fille ou un garçon? Adieu, monsieur ; adieu, madame!
Nos meilleurs vœux vous accompa-
gnent, et nous vous prions d'agréer

d'avance nos vives et bien sincères féli-
citations.

Est-ce le souci de mériter ces félicita-
tions, ou un sentiment d'affectueux
égoïsme : — « Je ne peux pas voir ma
femme souffrir comme ça !... » — depuis
que Mme Jambage est allongée sur le
grand canapé vert de la salle d'attente
avec deux oreillers, — des oreillers ornés
au fil rouge d'une petite locomotive, —
deux oreillers que le chef de gare est allé
chercher, M. Jambage a été pris d'une
frénésie de mouvement, d'un grand besoin
de se rendre utile, et, bien que sa femme
insiste pour qu'il demeure auprès d'elle, il
veut absolument courir lui-même à la
recherche d'un médecin, d'une sage-
femme, enfin de quelqu'un de compétent : car le chef de gare est bien gentil, bien attentionné, encore qu'on le
sente sournoisement vexé d'avoir abandonné sa partie de jacquet, — mais

ce n'est pas son métier, à cet homme,
il n'est pas compétent... Et sans doute
il y a bien un médecin à Saint-Julien,
mais qui, précisément, (l'état sanitaire de
Saint-Julien est excellent), a pris le train
ce matin pour aller déjeuner chez un
confrère du chef-lieu de canton voisin.
Quant à la sage-femme, c'est Mme Petithomme, et elle habite la deuxième maison
à gauche de l'autre côté du pont. Mais
Mme Petithomme sera-t-elle chez elle?
Forcément, dans un petit pays comme
Saint-Julien, il n'y a pas beaucoup de
naissances, et surtout guère d'imprévu.
Ce n'est pas tous les jours, n'est-ce pas?
qu'une dame vient accoucher à la gare...
Et maintenant que le coup de feu est
passé, — parce que c'est exact qu'il y a eu
un véritable coup de feu pour Mme Petithomme, dans les mois qui avaient suivi
le départ des Américains, — il est à
craindre que Mme Petithomme, qui adore
la campagne, ne soit partie se promener.

N'importe, M. Jambage veut tenter sa chance, la fatigue ne lui fait pas peur, et il a soif de se dévouer pour sa malheureuse femme, il a soif de se rendre utile, de faire quelque chose, et il court, sans compter ses pas, à la recherche de Mme Petit-homme : il la ramènera, s'est-il écrié, morte ou vive...

Escorté par deux ou trois galopins du village, qui jouaient aux billes sur la place de la gare, et qui n'allaient pas laisser perdre une si belle occasion, M. Jambage s'est donc précipité, de l'autre côté du pont, jusqu'à la deuxième maison à gauche, qui, bien entendu, était vide ; mais, une brave femme qui cousait à la fenêtre de la maison voisine a renseigné M. Jambage : Mme Petit-homme est allée cueillir des champignons (parce qu'elle s'y connaît, Mme Petit-homme, et quand elle vous dit : — « Ça, c'est un champignon qui ne vous empoisonnera pas », on peut le manger de confiance !...) — elle est allée cueillir des champignons dans le petit bois de Trompe-Pauvre, et c'est bien rare si on ne la trouvait pas quelque part par là, autour de la ferme de la Maltournée. Et la brave femme s'est excusée sur ce qu'elle avait des mauvaises varices, sans quoi elle aurait bien volontiers accompagné ce monsieur ; mais les galopins sont toujours là, pour qui le bois de Trompe-Pauvre n'a pas de secrets, et M. Jambage, qui a promis dix sous à chacun, n'avait qu'à se laisser conduire. Un hasard heureux a fait que l'on n'a même pas eu à battre le bois, car, tout de suite ou presque, cette personne un peu forte, vêtue de clair, et qui, portant un panier sous le bras, pénétrait dans la cour de la Maltournée, c'était Mme Petithomme. Mais, Mme Petithomme s'est absolument refusée à revenir à Saint-Julien, et à la gare, avant d'avoir bu le bol de lait qu'était allée lui chercher la fermière.

Mme PETITHOMME. — Et si vous étiez raisonnable, mon cher monsieur, vous feriez comme moi. Un bol de lait bourru et du pain bis que vous émiettez dedans, après une bonne promenade d'une heure ou deux, c'est comme ça qu'on se maintient dans la vie !...

M. JAMBAGE. — Mais ma femme, madame, ma femme qui est à la gare, comme je vous ai dit, dans les douleurs...

Mme PETITHOMME. — Il n'y a qu'à laisser agir la nature...

M. JAMBAGE. — Mais si elle souffre, la malheureuse...

Mme PETITHOMME. — C'est de la bonne souffrance naturelle... Elle n'aura qu'à crier. On peut crier tant qu'on veut dans une gare... C'est ce que je recommande toujours à mes clientes : — « Criez, criez !... Ça aide la nature... » Il faut aider la nature... Et puis marcher... Vous auriez dû me l'amener jusqu'ici, votre petite dame, au lieu de la laisser dans la salle d'attente. Moi, monsieur, j'ai eu quatre enfants. Il y a des sages-femmes qui n'ont jamais eu d'enfants, c'est une honte ! Eh bien ! mes quatre enfants, je les ai mis au monde comme ça, tous quatre, en rentrant de promenade !... Il faut laisser agir la nature !...

M. JAMBAGE. — Je vous en conjure, madame, hâtez-vous tout de même un peu, quand ce ne serait que pour rassurer ma femme. Si vous voulez, je vous porterai votre panier de champignons...

Mme PETITHOMME. — N'est-ce pas qu'ils sont beaux? Comment les prépare-t-on chez vous? Simplement sautés au beurre avec une persillade? ou gratinés? Il y a des gens qui versent par-dessus une sauce blanche... Mais vous ne

m'écoutez pas ! Ah ! ces hommes, ces
hommes !... Toujours impatients, nerveux... Eh, bien ! partez devant, dites à
votre dame que j'arrive ; et qu'elle crie
—en attendant, qu'elle crie si elle veut, tant
qu'elle voudra, mais qu'elle ne s'inquiète
pas, qu'elle laisse agir la nature !...

M. JAMBAGE. — Mais vous viendrez?

Mme PETITHOMME. — Je vous suis...
Quel homme !...

Quand M. Jambage avec sa fidèle es-
corte de galopins a débouché à triple allure
sur la place de la gare, il a aperçu un ras-
semblement dont, pas un instant, il n'a
douté d'être, sa femme et lui, la cause
évidente, et il a reçu un coup au cœur, qui
lui a, comme on dit, coupé bras et jambes.
Mais déjà le chef de gare, qui pérorait au
milieu du groupe, et semblait guetter sa
venue, est allé au-devant de lui, et l'a
accueilli avec rudesse.

LE CHEF DE GARE. — Ah ! vous voilà enfin !... Eh, bien ! ça y est ! c'est fait !...

M. JAMBAGE. — Un garçon?

LE CHEF DE GARE. — Non.

M. JAMBAGE. — Une fille?

LE CHEF DE GARE. — Mais non !

M. JAMBAGE. — Deux...

LE CHEF DE GARE. — Mais non !... mais non !... Quand le docteur, qui arrivait de son déjeuner, est descendu du train, a entendu crier votre femme, et est allé la voir dans la salle d'attente, tout de suite il a diagnostiqué ce que c'était : une grossesse nerveuse...

M. JAMBAGE. — Une grossesse nerveuse...

LE CHEF DE GARE. — Pas autre chose Et c'est pour ça, c'est-à-dire pour rien, que vous avez fait arrêter l'expresse Sans doute que vous aviez des courses, faire à Saint-Julien, et c'était un moyen comme un autre d'obtenir qu'on vous y dépose ! Pas mal combiné ! seulement je vous engage, vous et votre dame, à ne pas recommencer ce truc-là toutes les semaines !

VI

L'HALLALI

8

Ce que cette petite gare de Labelle-
aux-Bois a de charmant et d'inattendu,
c'est d'avoir été précisément construite
au beau milieu des bois, loin de toute
agglomération, — le bourg de Labelle-
aux-Bois, qu'elle dessert et qui lui donne
son nom, est à plus de dix-huit cents
mètres, de l'autre côté des étangs de
Saint-Siméon, — en sorte que l'on est tout
étonné que cette gare soit habitée par un
chef de gare, et non par un garde forestier,
et l'on s'attend toujours à voir, sur le pas
de la porte, la femme du chef de gare, en
un geste popularisé par la lithographie et
les cartes postales, verser le coup de
l'étrier au chauffeur et au mécanicien de
la locomotive...

La femme du chef de gare, c'est
Mme Bourrache, remarquablement jolie
pour une femme de chef de gare, et même
pour une femme tout court. Aussi, depuis
que les Bourrache sont installés à la gare
de Labelle-aux-Bois, une fébrilité inac-
coutumée s'est emparée des hôtes du
château de Labelle, qui est, lui aussi, en
plein bois, comme la gare. Il faut dire que
la vie de château, au château de Labelle,
ne passait pas pour excessivement folâtre.
Le châtelain, le baron Trousse, est le
premier d'ailleurs à le constater, et à s'en
attrister. Il répète non sans mélancolie :
— «Ah! la garnison de Compiègne n'est
plus ce que je l'ai connue il y a vingt-
cinq ans ! Il y a vingt-cinq ans, c'était
à qui, parmi les officiers du régiment de
dragons, se ferait inviter aux jeudis de la
baronne, c'était à qui demanderait à suivre nos chasses... La baronne Trousse n'a
pas cessé de recevoir le jeudi et nous con-
tinuons à courir le cerf et le chevreuil :

mais il semble que les jeunes générations ignorent maintenant le chemin du château de Labelle ; parlez-moi des officiers et des chasseurs d'il y a vingt-cinq ans!... »

Or, par une rencontre merveilleuse, l'heureux voisinage de la jolie et piquante Mme Bourrache semble avoir donné un regain de vogue et d'agrément aux invitations de la baronne Trousse : serait-ce parce que la jolie et piquante Mme Bourrache a environ l'âge et les attraits qui, il y a vingt-cinq ans, rendaient irrésistible la baronne?

En tout cas, il apparaît bien que beaucoup ne s'empressent au château que pour avoir l'occasion de passer par la gare. C'est extraordinaire, en particulier, ce que les invités du château de Labelle se font adresser de colis postaux en gare de Labelle-aux-Bois, et des colis postaux sans doute fort urgents, puisque, deux fois, trois fois, ils viennent s'informer au domicile du chef de gare : — Il n'est rien arrivé pour moi? — et sans doute aussi très fragiles et délicats, ces colis postaux, et de la plus haute importance, puisque leurs destinataires ne veulent confier à aucun domestique le soin de les aller chercher.

L'inventeur du truc des colis postaux, et qui serre de plus près Mme Bourrache, est Fernand Trousse, le propre neveu de la baronne Trousse, celui-là même qui s'ennuyait si fort au château de Labelle et s'était bien juré, s'il n'y avait pas tout à coup découvert Mme Bourrache, de ne plus remettre les pieds dans cette forêt. Seulement, maintenant que tant de pâles imitateurs vont, comme lui, chercher des colis postaux à la gare de Labelle-aux-Bois, Fernand a voulu imaginer autre chose pour se ménager avec la femme du chef de gare une entrevue qu'il souhaite décisive.

Aujourd'hui donc, jour de chasse à courre, il a prétexté une migraine, et quand tous les autres, et son oncle, et sa

tante, et tous leurs invités, furent partis
pour la Croix-du-Capucin, où l'on compte
lancer quelque chevreuil, Fernand a sellé
sa jument Incarnation, et s'est mis à
galoper dans la direction opposée, celle de
la gare. Mais, comme il arrivait au passage à niveau, la première personne qu'il
a aperçue de l'autre côté de la voie, sur
le seuil de la salle d'attente, et qui, en
l'apercevant elle-même, a semblé hésiter
à se dissimuler dans la salle, puis s'est
décidée à venir au-devant de lui, c'est le
colonel Le Pichet d'Argences.

LE COLONEL. — Ah ! c'est vous,
Trousse? Vous savez ce qui m'arrive?

FERNAND. — Mais je vous croyais à la
chasse, mon colonel ; ma tante...

LE COLONEL. — Justement ! Au dernier moment, j'avais écrit à votre tante ;
mes chevaux sont indisponibles ; je de-
mandais que l'on m'envoyât prendre en

voiture, ici, à la descente du train. Je débarque : pas de voiture, et qu'est-ce que je constate? J'avais oublié la lettre dans la poche de mon dolman. J'ai un tel travail, mon pauvre ami, tant d'affaires en tête...

FERNAND. — Vous allez prendre mon cheval, mon colonel.

LE COLONEL. — Jamais de la vie !

FERNAND. — Mais si, mais si, ma tante doit être désolée de ne pas vous voir ; elle ne me pardonnerait pas de vous avoir laissé en panne...

LE COLONEL. — Mais la voiture va arriver d'un instant à l'autre ; j'avais prié Bourrache de téléphoner ; mais il paraît qu'ici on ne peut téléphoner que de gare à gare. Quelle organisation !... Heureusement ce chef de gare n'a pas grand'chose à faire, et il est très complaisant !

FERNAND. — Très complaisant !

Le colonel. — Alors il est allé téléphoner au bureau de poste.

Fernand. — Mais, c'est à près de deux
kilomètres le bureau de poste

Le colonel. — Bah ! la guerre nous a
appris à attendre, et à être patients !

Fernand. — Sans doute, sans doute !
Mais la guerre est finie, et vous êtes l'invité de ma tante ; mon colonel, vous allez
prendre mon cheval, et c'est moi qui
attendrai la voiture à votre place. Le
rendez-vous était à la Croix-du-Capucin.
A tout à l'heure, mon colonel, à tout à
l'heure !

Et en dépit de ses protestations et malgré son désir évident de demeurer, pendant l'absence de Bourrache, à proximité
de la jolie Mme Bourrache, ayant réussi
à expédier le colonel Le Pichet d'Argences, le subtil et entreprenant Fernand
Trousse s'apprête à monter jusqu'aux

appartements privés du chef de gare, et à y rechercher sa femme, quand débouchent botte à botte, et assez penauds, deux autres invités, grands admirateurs eux aussi de la femme du chef de gare, Saint-Graal et Marmouzin. De sorte que Trousse, qui ne tient pas du tout à se rencontrer avec eux, a tout juste le temps de se réfugier dans la lampisterie.

MARMOUZIN. — Oui, j'avais perdu la chasse...

SAINT-GRAAL. — Enfin, je vous rencontre, c'est une chance !

MARMOUZIN. — C'est une chance. Mais je ne veux pas vous déranger de votre chemin.

SAINT-GRAAL. — Mon chemin est le vôtre, puisque j'avais perdu la chasse comme vous. Je ne sais pas pourquoi j'avais dans l'idée que nous la retrouverions du côté de la gare.

MARMOUZIN. — Vous voyez, j'avais eu la même idée. Mais nous, nous trompions évidemment.

SAINT-GRAAL. — Évidemment. Alors de quel côté repartez-vous?

MARMOUZIN. — Et vous?

SAINT-GRAAL. — Tenez, Marmouzin, nous allons faire un pari. Vous prendrez à droite et moi à gauche, ou vous à gauche et moi à droite, si vous le préférez : ça n'a pas d'importance. Et nous verrons qui des deux aura le premier rejoint la baronne Trousse...

MARMOUZIN. — Et le baron Trousse...

SAINT-GRAAL. — Bien entendu. Mais nous courons notre chance chacun de notre côté. Vous à gauche...

MARMOUZIN. — Et vous à droite! Bonne chance, Saint-Graal!

SAINT-GRAAL. — Bonne chance, Marmouzin !...

Mais à peine Marmouzin est-il engagé dans la direction opposée à Saint-Graal, qu'il se rencontre sous bois avec le colonel Le Pichet d'Argences, trop brusquement et dans un sentier trop étroit pour pouvoir s'éviter l'un l'autre, ainsi qu'apparemment ils en auraient l'un et l'autre la plus grande envie.

MARMOUZIN. — Vous aussi, colonel, vous avez perdu la chasse?

LE COLONEL. — Pour la perdre, il faudrait l'avoir trouvée. Et avec ce sacré cheval que m'a prêté Fernand Trousse, je n'y arriverai pas !... J'aime mieux le lui ramener et attendre la voiture...

MARMOUZIN. — Mais quelle voiture? Où ça?

LE COLONEL. — A la gare !

MARMOUZIN. — A la gare? Mais c'est moi qui irai, colonel. Si, si ! Je vais prendre le mauvais cheval de Fernand Trousse, et vous allez me faire l'honneur et le plaisir de monter ma bête, à moi ; vous verrez, colonel, mon cheval, c'est un cheval. Montez-le, ou vous me désobligeriez !...

Et voilà le colonel bien forcé de tourner encore le dos à la terre promise, — la gare ! — sur le cheval de Marmouzin ; et voilà Marmouzin qui, sur le cheval de Fernand Trousse, a repris le chemin de ladite gare, et y arrive juste pour y voir arriver en même temps Saint-Graal.

MARMOUZIN. — Tiens, vous vous êtes donc encore perdu?

SAINT-GRAAL. — C'est   eux que nous nous perdions toujours ensemble...

MARMOUZIN. — Et que nous nous retrouvions toujours au même endroit. C'est une chance !...

SAINT-GRAAL. — C'est une chance. Eh bien, si vous voulez, Marmousin, cette fois, c'est vous qui allez prendre à droite...

MARMOUZIN. — Et vous à gauche...
Bonne chance, Saint-Graal !...

SAINT-GRAAL. — Bonne chance, Marmouzin !...

Enfin Fernand Trousse va pouvoir
sortir de la lampisterie ; mais c'est pour
se trouver nez à nez avec le piqueur Lavolige, qui accourt bride abattue.

LAVOLIGE. — Le chef de gare? Où est le
chef de gare? Ah ! c'est vous, monsieur
Fernand? Vous êtes déjà là? Monsieur
Fernand a du flair. Le colonel aussi, que
j'ai rencontré, et ces messieurs Saint-
Graal et Marmouzin qui s'en reviennent...

FERNAND. — Mais la chasse?...

LAVOLIGE. — Justement, toute la
chasse sera ici dans dix minutes ; pourvu
que le chef de gare...

FERNAND. — Mais qu'est-ce qui se passe?

LAVOLIGE. — C'est vrai, vous n'étiez pas à la Croix-du-Capucin. Eh, bien! monsieur Fernand, voilà-t-il pas qu'on lance un chevreuil, un broquart superbe, je le connais!... Mais c'est un vieux malin, il nous en a fait voir ! Et voilà-t-il pas qu'il a l'idée de s'engager sur la voie du chemin de fer...

FERNAND. — Il n'était pas bien caché!...

LAVOLIGE. — Attendez ! Il y avait un train de marchandises qui manœuvrait près du passage des Charbonniers. Le train repartait au moment où le broquart débouche : et qu'est-ce qu'il fait, mon broquart? Ni une, ni deux, il bondit sur le wagon de queue, qui était un wagon découvert... Et monsieur Fernand devine la gueule des chiens, surtout quand le train, après ça, s'est engagé sous le tunnel du Conquérant?...

FERNAND. — Mais votre broquart, il va se faire cueillir ici, comme un voyageur sans billet !...

LAVOLIGE. — C'est bien ce qu'on s'est dit avec Mme la baronne et M. le baron. Seulement la dame du passage à niveau nous apprend que c'est un train de marchandises qui ne s'arrête pas à la station de Labelle-aux-Bois ! Alors M. le baron m'a envoyé prévenir le chef de gare pour qu'il arrête le train tout de même.

En effet, malgré son intention manifeste de brûler la station de Labelle-aux-Bois, le train de marchandises ne résiste pas aux signaux et aux injonctions de l'impératif Bourrache, que le colonel a ramené en croupe au triple galop, escorté de Marmouzin et de Saint-Graal. Le train s'arrête en pleine gare — et c'est le broquart qui n'en mène pas large sur son wagon de queue !... Sonneries des cors, abois des chiens...

Fernand. — C'est vous le héros de la chasse, monsieur Bourrache ; mon oncle devrait vous donner le bouton...

Bourrache. — J'ai déjà ma casquette !...

Le colonel. — Et c'est Mme Bourrache qui mérite les honneurs du pied. N'aurons-nous pas l'honneur de saluer Mme Bourrache?

Bourrache. — Vous pensez bien qu'elle serait déjà descendue dire bonjour à ces messieurs, si elle n'était partie, hier matin, pour se rendre chez ses parents de Charleville...

Le colonel. — Ah !...

Saint-Graal. — Ah !...

Marmouzin. — Ah !

Fernand. — Ah !...

Lavolige. — C'est égal, pour une histoire de chasse, voilà une histoire de chasse !...

BOURRACHE. — Ce qui me désole seulement, c'est que, quand je la raconterai à d'autres chefs de gare, ils ne voudront pas la croire !...

VII

LE WEEK-END

Au moment où, à peine descendu de
son compartiment, il était occupé à en
extraire sa valise (Il n'y a jamais de por-
teurs dans cette gare !...), son nom crié
très fort : — Vernède !... — et une grande
tape sur l'épaule l'ont fait sursauter et se
retourner brusquement. Mais non, ce
n'était que Chalonnes, le bon vieux Chalonnes, son ancien chef de bureau à la
banque Longjumeau, Postillon et Compagnie, qui a pris sa retraite l'année
dernière.

CHALONNES. — Comment, c'est vous,
mon petit Vernède? Ça, par exemple, si
je m'attendais à vous trouver ici !...

VERNÈDE. — Mais vous-même, monsieur Chalonnes?...

CHALONNES. — C'est vrai, vous ne saviez pas que j'étais châtelain, et châtelain sur la côte normande ! Oui, mon cher, une petite bicoque à dix kilomètres de Cabourg. Ça n'est pas très facile d'accès, mais la campagne est si jolie, si tranquille ; et avec la carriole de mon voisin, le fermier... Seulement cette sacrée carriole, on sait quand elle part, on ne sait pas quand elle arrive ! J'avais écrit qu'on vienne nous prendre au train il y a une heure, et la carriole n'est pas encore là. Mais vous, Vernède, vous n'êtes pas pressé? Il faut que je vous présente à ma femme et à ma fille ; vous ne connaissez pas ma fille? Ces dames sont dans la salle d'attente... Si, si, venez ; je leur ai bien souvent parlé de vous !...

Sur le seuil de la salle d'attente, une

apparition rieuse et charmante : c'est Francine Chalonnes.

FRANCINE. — Vite, papa, à table !... C'est servi !... Oh ! pardon, monsieur !...

VERNÈDE. — Mais, mademoiselle, c'est moi qui m'excuse...

CHALONNES. — C'est Vernède, tu te rappelles, Francine, M. Vernède, qui a débuté dans mon bureau, à la banque? Et voici Mme Chalonnes, mon petit Vernède. Mme Chalonnes est une femme pratique, une femme de ressources, et, quand elle a vu que nous ne pourrions plus arriver chez nous qu'à je ne sais quelle heure, à cause de cette sacrée carriole, tout de suite elle nous a installé ici de quoi déjeuner en attendant.

Mme CHALONNES. — Monsieur Vernède, si le cœur vous en dit? Vous êtes peut-être comme moi : les buffets des gares, les wagons-restaurants, tout ça c'est sans doute plus élégant, mieux présenté, mais je me méfie toujours. Moi, j'aime à savoir ce que je mange.

CHALONNES. — Mais je parie que ce beau jeune homme n'a pas de couteau? Là, dans votre poche, quoi? C'est un revolver? Il s'embarrasse d'un revolver !...

Mme CHALONNES. — Les voyages sont si peu sûrs, à présent ! On est dans son compartiment avec un monsieur convenable, un monsieur comme vous et moi, et rien ne dit que ça n'est pas un voleur ou un assassin.

FRANCINE. — Maman voit des bandits partout !...

Mme CHALONNES. — Comme si c'était ce qui manque, surtout dans ce pays-ci ! Quelquefois, sur la grand'route du village, devant notre petite maison, je vois passer de ces fous, qui font du cent vingt à l'heure, dans des voitures qui, m'a-t-on dit, valent jusqu'à des trois cent mille francs. Ils vivent dans des palaces à mille francs par jour ; ils perdent en une nuit au Casino... je ne sais pas, moi... un demi-million ! Et vous trouvez ça naturel? Tout cet argent, d'où vient-il? Est-ce qu'on le leur demande? Pour le dépenser si facilement, il faut qu'ils n'aient pas eu beaucoup de peine à le gagner ! Allez, monsieur Vernède, nous ne sommes pas riches ; mais, si c'était un individu comme ça qui voulait épouser ma fille, je ne serais pas fière, et, si ma fille voulait l'épouser, j'aurais bien du chagrin !...

Francine. — Mais, maman, qu'est-ce que tu vas imaginer-là, et qu'est-ce que pensera M. Vernède?

Chalonnes. — En tout cas, voilà un pâté de tout premier ordre, et que les bandits n'auront pas... pas plus qu'ils n'auront ma fille !... Des pâtés comme celui-là, Vernède, il faut une bonne femme comme Mme Chalonnes pour les confectionner ; et, pour s'en régaler à souhait, il faut une conscience pure comme la nôtre, n'est-ce pas, fillette? Pourtant, je suis d'avis qu'avec ce pâté-là, une bouteille d'un certain cidre bouché que je connais, dans le café qui fait le coin, sur la place de la gare... Est-ce moi le chef de famille, oui ou non? Et vous, mon petit Vernède, vous devez obéissance à votre ancien chef de bureau ! Je vais chercher la bouteille de cidre...

VERNÈDE. — Comme monsieur Chalonnes est gai, comme il a l'air heureux !

Mme CHALONNES. — Et pourquoi ne serait-il pas heureux? Il n'a jamais fait de tort ni de mal à personne, et il a l'estime de tout le monde.

VERNÈDE. — Il a beaucoup travaillé...

Mme CHALONNES. — C'est peut-être son seul regret de ne plus travailler encore, et qu'on l'ait obligé à se reposer. Son bureau, sa banque !... Vous le trouvez gai, et c'est certain qu'il n'a pas de raisons pour être jamais triste. Mais bien sûr qu'aujourd'hui, il est plus gai, plus animé que de coutume, et c'est parce qu'il vous a rencontré. Il avait beaucoup de sympathie pour vous, monsieur Vernède ; et puis vous lui rappelez sa banque, son bureau, son cher bureau, parce que vous êtes quelqu'un de chez Longjumeau, Postillon et Compagnie !...

Vernède. — Eh bien ! je l'avoue, voilà ce que je ne comprends pas. Que l'on s'attache à ce point à une besogne aussi fastidieuse ! Car enfin, mademoiselle, je vous fais juge...

Francine. — Vous n'avez pas le feu sacré...

Vernède. — Le feu sacré !... Si, au moins, il y avait au bout de tous ces chiffres que nous alignons un avenir pos-

sible, quelque réalisation magnifique...
Mais nous savons bien que notre effort ne
servira qu'à rendre MM. Longjumeau,
Postillon et Compagnie de plus en plus
riches, et que les Vernède comme moi...

FRANCINE. — Finiront comme les Chalonnes, comme papa...

VERNÈDE. — Excusez-moi, mademoiselle ; j'admire beaucoup M. Chalonnes...

FRANCINE. — Il n'est peut-être pas
admirable, mais je l'aime tendrement.

VERNÈDE. — Et vous ne l'auriez pas
aimé un peu plus ambitieux?...

FRANCINE. — Je n'ai pas d'ambition,
j'en ai peur...

VERNÈDE. — On pourrait être ambitieux à votre place, ambitieux pour
vous ! On pourrait rêver de vous donner le
cadre dont vous êtes digne, ce luxe inouï
dont sont entourés tant de gens qui, pour
la plupart, ne le méritent pas, ce qui est

un spectacle injuste, et immoral, ainsi que le constatait si bien tout à l'heure madame votre mère...

Mme CHALONNES. — Tout de même, moi qui vous parle, vous ne me feriez jamais monter dans une automobile de trois cent mille francs, monsieur Vernède !...

VERNÈDE. — Ce n'est pas une grande ambition que de souhaiter pour soi-même, et mieux que pour soi-même, pour ceux que l'on aime, autre chose qu'un bonheur médiocre.

FRANCINE. — Le bonheur n'est jamais médiocre ; il est le bonheur, tout simplement.

Mais voici M. Chalonnes qui s'en revient, portant triomphalement sous chaque bras une bouteille de cidre.

CHALONNES. — Oui, j'ai pensé qu'il était nécessaire de rapporter deux bouteilles : une que nous boirons, Vernède, à notre propre santé, et l'autre à la santé de ces MM. Longjumeau et Postillon...

Mme CHALONNES. — Quand je vous le disais, monsieur Vernède, mon mari a toujours la tête pleine de ses anciens patrons !...

CHALONNES. — Et pourquoi non? Je ne m'en cache pas ! Est-ce que ce ne sont pas de bons patrons, Vernède? Est-ce que ce n'est pas grâce à eux que j'ai pu acheter ma petite maison? Est-ce que ce n'est pas grâce à eux que leurs employés, comme Vernède, peuvent aller passer quinze jours de congé au bord de la mer? Car je ne vous l'ai pas demandé, mais, vous devez prendre en ce moment vos quinze jours de congé, n'est-ce pas, veinard? Qui est-ce qui vous remplace au bureau? Torticolis? Ces dames savent que ça n'est pas son nom, au beau Plainval, au bel Hubert Plainval, que nous

appelions Torticolis à cause de ses faux-
cols, et parce qu'il avait toujours l'air
d'avoir avalé sa canne !... C'est Plainval,
c'est Torticolis qui vous remplace?

VERNÈDE. — Je ne suis pas en congé,
monsieur Chalonnes ; je suis simplement
venu passer ici le *week-end...*

CHALONNES. — Le *week-end?*

FRANCINE. — Eh bien! oui, papa, la fin
de la semaine, du samedi au lundi.

CHALONNES. — C'est vrai, les veinards
font maintenant la semaine anglaise ! On
ne connaissait pas ça, jeune homme,
quand j'avais votre âge. Et nos patrons
non plus ne connaissaient pas ça. Nous,
encore, on avait les dimanches. Mais combien de fois, même le dimanche, le vieux
M. Postillon, celui qui a fait la maison ce
qu'elle est, — parce que du temps de son
beau-frère Longjumeau, ce n'était rien
qu'une toute petite banque, — eh bien !

je vous assure que le vieux M. Postillon,
Émile Postillon, ne savait pas beaucoup ce
que c'était qu'un dimanche. Et combien
de fois il revenait, en sortant de la messe,
(il était très pieux), mettre à jour sa correspondance, ou surtout vérifier la caisse.
Il me le disait, parce qu'il m'avait pris en
affection et que j'avais toute sa confiance :
« Chalonnes, je ne sais jamais aussi bien
ce qu'il y a dans ma caisse que quand le
caissier est parti. » Le caissier d'alors,
Malapert, quel type ! Mais vous ne l'avez
pas connu...

VERNÈDE. — Depuis le vieux M. Postillon, Emile Postillon, on ne vient plus
jamais à la banque le dimanche, il n'y
a plus personne, le dimanche, qui vérifie
la caisse ?

CHALONNES. — Eh bien ! c'est ce qui
vous trompe. Un dimanche matin, et il
n'y a pas bien longtemps, comme je pas-
sais devant la banque, qui est-ce que je

vois qui en sortait? M. Gustave, parfaitement, Gustave Longjumeau, le neveu de M. Emile. Il est jeune, mais sérieux celui-là, tout à fait dans les traditions de son oncle !...

VERNÈDE. — Vous croyez que M. Gustave Longjumeau va aussi le dimanche se promener dans nos bureaux, quand nous ne sommes plus là?

CHALONNES. — Mais, certainement, puisque, l'autre dimanche, je vous le répète, il en sortait, et que même il m'a reconnu, il m'a appelé, et il m'a dit gentiment : « Hein ! Chalonnes, ça vous rappelle le temps de mon oncle? » — Ah ! oui, et ça m'a fait joliment plaisir !...

VERNÈDE. — Vous croyez qu'il vérifie certaines écritures, qu'il revoit les pièces comptables, qu'il inspecte la caisse?...

CHALONNES. — Mais, évidemment, voyons, Vernède !... Quand un patron va à la banque le dimanche matin, ça n'est pas pour jouer du cor de chasse !...

Cette plaisanterie, que Mme Chalonnes avait saluée d'un rire complaisant, et dont son mari semblait fort satisfait, n'a pas égayé Vernède. Il revoit la lettre qu'il a laissée dans la caisse vide ; les phrases qu'il avait écrites dansent devant ses yeux ; on croirait qu'il regarde Francine, et, entre Francine et lui, c'est le texte précis de sa lettre qui s'imprime dans l'air et qu'il doit relire :

« J'ai voulu moi aussi vivre ma vie, jouir de la vie, goûter à la grande vie. J'ai voulu tenter ma chance. Si vous trouvez cette lettre, c'est que j'aurai perdu ; mais, si je perds, je paierai ; ma vie, ma modeste vie de petit employé vaut bien tout de même les 80 000 francs que j'ai pris à la banque. Quand vous trouverez cette lettre, je me serai fait sauter la cervelle. »

C'est bien là, en effet, ce qu'il avait combiné : risquer les 80 000 francs dérobés, et s'il gagnait, — qui sait? un million peut-être : n'a-t-il pas lu, depuis le début de la saison, dans les journaux, qu'il y avait des joueurs à ce Casino, qui faisaient des différences de douze millions !... — s'il gagnait, il n'aurait, lundi matin, avant l'ouverture des bureaux, qu'à remettre l'argent là où il l'avait pris. Et s'il perdait, — eh bien ! s'il perdait, c'est vrai qu'il paierait, et c'est pour cela qu'il avait pris soin d'emporter un revolver ; mais du moins, avant de mourir, il aurait, ne fût-ce qu'un jour, connu l'existence d'un homme qui peut dépenser 80 000 francs par jour...

Et voici qu'on allait trouver peut-être sa lettre, constater son vol, avant même qu'il eût pu ou gagner ou payer ; et cela au moment où le hasard d'une rencontre, le sourire d'une jeune fille et son clair bon sens, étaient en train de modifier de fond en comble les théories absurdes et dangereuses qui l'avaient conduit...

Reprendre et déchirer sa lettre, remettre dans la caisse les quatre vingts billets... Il faudrait pouvoir rentrer à Paris, rentrer tout de suite : il doit bien y avoir encore un express qui arrive cette nuit? Mais comment quitter ces braves gens, comment leur expliquer? Justement Chalonnes insiste pour qu'il vienne passer son week-end, — puisque week-end il y a, — dans leur petite maison. S'il n'accepte pas, c'est donc qu'il est attendu ailleurs, et, s'il est attendu ailleurs, par qui est-il attendu, pourra se demander Francine? Pourtant, c'est Francine elle-même qui le délivre...

FRANCINE. — Ce sera pour le prochain week-end !...

Mme CHALONNES. — Nous comptons sur vous !

CHALONNES. — Allez, jeune homme, et soyez sage !... Au fait, Vernède, si vous allez au Casino...

FRANCINE. — Bien sûr que M. Vernède ira au Casino !

CHALONNES. — Vernède, je vous charge d'une mission de confiance : cent sous que vous jouerez pour moi aux petits chevaux...

Mme CHALONNES. — Non, non, je ne veux pas !... On commence par jouer cent sous...

CHALONNES. — Sur le six, là ! la date de ta naissance...

FRANCINE. — Et cinq francs pour moi, monsieur Vernède...

CHALONNES. — Comme cela, vous serez bien forcé de venir chez nous samedi prochain, vous aurez des comptes à nous rendre ! Quand on appartient à la banque Longjumeau, Postillon et Compagnie, et

qu'on a des comptes à rendre, n'est-ce
pas, Vernède, c'est sacré!...

Vernède va. enfin pouvoir se mettre à la
recherche du train qui le ramènera rapi-
dement à Paris. Mais, comme il prend
congé des Chalonnes, un homme d'équipe
est entré dans la salle d'attente qui s'in-
forme si quelqu'un de ces messieurs et
dames ne serait pas, ou ne connaîtrait
pas, M. le comte de Vernède...

CHALONNES. — Le comte de Vernède?

L'HOMME D'ÉQUIPE. — Oui, c'est un
chauffeur du Palace qui attend, depuis
un bon bout de temps. Quelqu'un de
Paris, qui avait télégraphié de l'envoyer
prendre en auto à la gare, avec une belle
auto, un nommé le comte de Vernède...

CHALONNES. — Une automobile? Le
comte de Vernède?

VERNÈDE. — Mais vous savez bien que je n'ai pas de titre...

CHALONNES. — Oh ! les titres comme celui-là, les titres au porteur...

VERNÈDE. — Mais non, monsieur Chalonnes, je vous assure, je ne sais pas ce que cela veut dire, il y a confusion...

CHALONNES. — C'est possible, après tout ; il n'y a pas qu'un comte qui s'appelle Vernède.

FRANCINE. — Ce comte de Vernède est sans doute un de vos homonymes...

Mme CHALONNES. — Curieuse rencontre !...

VERNÈDE. — La vie n'est faite que de rencontres.

VIII

LA RENTRÉE

Cette délicieuse jeune femme, si discrète, si distinguée, mais si distante, et qui passait presque tout son temps à lire sur la plage, avait été l'énigme de la saison. On l'appelait la Dame Masquée, bien qu'elle n'eût, naturellement, jamais porté de masque, et bien que l'on n'ignorât pas qu'en réalité elle s'appelât Mme Davron. Mais ce nom insignifiant était aussi la seule chose que l'on sût d'elle, et ce mystère qui l'entourait n'avait pas manqué d'irriter les curiosités, non moins que sa réserve, son élégance, et sa beauté délicate.

Libre? mariée? divorcée? veuve? En tout cas d'une tenue parfaite : pas un des désœuvrés qu'elle intriguait si fort, et qui,

sous les prétextes les plus divers et les
plus ingénieux, avaient trouvé le moyen
de se présenter à la Dame Masquée, et ne
la lâchaient plus d'une semelle, pas un qui
pût se vanter d'avoir obtenu ça d'elle, —
vous entendez bien, pas *ça*, ce qui s'appelle *ça*... — Personne, pas même le beau
des beaux, pas même Feugerolles.

Feugerolles est précisément au tournant dangereux de sa carrière de grand
séducteur, et il s'en rend compte, n'étant
pas un sot. La résistance, — et pas une
résistance passive, je vous prie de le
croire, car de lui pas plus que des autres
l'adversaire ne tolère rien, — la résistance de Mme Davron serait-elle un
avertissement du dieu des dieux, (c'est
l'Amour, n'est-ce pas?) au beau des beaux
(qui est, bien entendu, Feugerolles?)
Bref, Feugerolles s'est piqué au jeu. Et il
faut que le jeu le passionne singulièrement
pour qu'il se soit levé de si bonne heure,
et que, dès huit heures du matin, nous le

trouvions dans la salle d'attente de la gare, guettant le passage de Mme Davron, qui lui a fait ses adieux la veille, et qui doit partir définitivement par l'express de 8 h. 35. Vers huit heures et quart, Mme Davron est arrivée, en effet, toujours calme, raisonnable, avec ses valises bien en ordre ; mais elle n'a pu s'empêcher d'esquisser un geste de contrariété en apercevant Feugerolles.

Mme DAVRON. — Comment, vous ici, Feugerolles !... Ce n'est pas ce qui était convenu ; nous nous étions dit adieu hier, bien gentiment et définitivement ; il était convenu que vous ne deviez plus, plus jamais, chercher à me revoir...

FEUGEROLLES. — Eh bien, si ! J'ai voulu vous revoir. Et comme vous êtes une femme méthodique, terriblement méthodique, j'étais sûr que vous arriveriez vingt bonnes minutes avant le départ de votre

train, et que j'aurais vingt bonnes minutes **pour vous** parler, car il faut absolument que je vous parle.

Mme DAVRON. — Mais vous m'avez tout
dit !...

FEUGEROLLES. — Moi, peut-être, mais
vous... Enfin, c'est insensé !... Vous avez
pour **moi une** certaine sympathie : oh !
ce n'est pas **que vous** me l'ayez témoignée
avec une vivacité exceptionnelle : ça n'est
pas dans votre nature...

Mme DAVRON. — Ça n'est pas dans ma
nature.

FEUGEROLLES. — Enfin, je ne vous suis
pas antipathique...

Mme DAVRON. — Vous ne m'êtes pas
antipathique.

FEUGEROLLES. — Oui, vous répétez
tout ce que je dis, vous vous moquez de
moi !

Mme DAVRON. — Je me moque de vous

parce que je répète ce que vous dites?

FEUGEROLLES. — Si vous ne vous moquiez pas de moi, est-ce que vous partiriez ainsi sans m'avoir donné votre adresse, — que dis-je, votre adresse !... — sans m'avoir donné aucun moyen de vous retrouver jamais, sans même m'avoir dit au juste qui vous êtes?

Mme DAVRON. — Vous pourriez peut-être me faire filer? Ou vous adresser à la police?

FEUGEROLLES. — Pourquoi non, après tout? Je suis un galant homme, mais on ne sait pas ce dont un galant homme est capable quand il est exaspéré.

Mme DAVRON. — Vous êtes exaspéré?

FEUGEROLLES. — Je suis amoureux.

Mme DAVRON. — De moi?

FEUGEROLLES. — Non, de la reine d'Angleterre !

Mme DAVRON. — Au fait, vous ne croyez peut-être pas si bien dire? C'est peut-être moi, la reine d'Angleterre, puisque **vous** ne savez pas qui je suis!... Mais comprenez donc, Feugerolles, que, si vous saviez exactement qui je suis, ou, pis, si **vous** deviez me revoir, le charme de mes vacances serait rompu. Des vacances comme celles que je viens de prendre, ce sont des vacances totales, où l'on oublie tout, même sa propre personnalité... Vous savez bien, comme dans le *Fantasio* de Musset : — « Je voudrais être ce Monsieur qui passe, ce Monsieur qui passe est charmant !... » J'ai voulu être pendant deux mois « cette femme qui passe... »

FEUGEROLLES. — Attendez ! attendez !... j'ai deviné ; vous êtes une femme qui écrit des livres, vous avez un pseudonyme, vous êtes, — je ne sais pas, moi, — vous êtes peut-être bien Mme Delarue-Mardrus?...

Mme DAVRON. — Pourquoi pas la comtesse de Noailles?

FEUGEROLLES. — Si vous voulez !

Mme DAVRON. — Mais je ne veux pas, mon bon Feugerolles. Mes deux mois de vacances, c'est le bal de Cendrillon. Et maintenant il faut que je me sauve pour reprendre ma place Dieu sait où...

FEUGEROLLES. — Mais on a retrouvé sa trace, à Cendrillon !

Mme DAVRON. — Je ne vous laisse pas ma pantoufle.

FEUGEROLLES. — Et je ne suis pas le Prince Charmant.

Mme DAVRON. — Le Prince Charmant voulait se marier.

FEUGEROLLES. — Chiche !

Mme DAVRON. — Eh bien, nous y voilà, justement ! Feugerolles, si vous saviez qui je suis, vous sauriez que je ne suis pas une femme qu'on épouse.

FEUGEROLLES. — Ce n'est que ça? Moi, je suis un type dans le genre de Louis XIV, je n'ai pas de préjugés !

Mme DAVRON. — Vous tombez mal : j'ai beaucoup de préjugés ; j'ai tout au moins celui de me conduire proprement ; et je croyais que vous aviez pu vous en apercevoir...

FEUGEROLLES. — Mais, qu'est-ce que c'est qu'une femme qu'on n'épouse pas?

Mme DAVRON. — Il y a autre chose que la conduite ; il y a certaines conditions sociales...

FEUGEROLLES. — Votre condition sociale? Voyons, vous m'avez bien dit que vous n'étiez pas femme de lettres? Attendez ! Vous êtes institutrice...

Mme DAVRON. — J'ai obtenu mes brevets...

FEUGEROLLES — Parbleu ! truc, machin, là, Musset, Fantasio le monsieur qui passe,... j'en étais sûr !...

Mme DAVRON. — J'ai passé mes brevets, mais je ne suis pas institutrice.

FEUGEROLLES. — J'épouserais très bien une institutrice. Mais vous n'êtes pas institutrice ; alors, moi, je ne vois pas la condition sociale? Un métier, une profession qui me ferait peur ? Dentiste? Vous êtes dentiste? Il y a des femmes dentistes qui ont une magnifique clientèle ! Épouser une dentiste, épouser sa dentiste... évidemment !... Mais quoi, dans le monde, et sur les lettres de faire-part, on dit doctoresse : il a enlevé une doctoresse, il épouse une doctoresse... Et puis, avec moi, vous n'auriez plus besoin d'arracher des dents...

Mme DAVRON. — Mais je n'ai jamais arraché de dents !

FEUGEROLLES. — Mon Dieu, mon Dieu ! Comme c'est difficile ! Et puis, vous ne m'aidez pas du tout. D'ailleurs, je suis persuadé que vous exagérez, que vous vous figurez des choses... Vous vous figurez que la profession que vous exercez détournerait de vous un homme du monde? Ah ! là, là !... Mais un homme du monde, de nos jours, épouse très bien une couturière, une modiste... Vous n'êtes pas modiste, vous n'êtes pas couturière? Blanchisseuse, une grande blanchisserie mécanique, naturellement, ces systèmes qui esquintent le linge... Non plus? Mais, aidez-moi donc un peu, sapristi !

Mme DAVRON. — Aussi, pourquoi ne met-on pas le Bottin dans les salles d'attente?

FEUGEROLLES. — L'alimentation? Vous êtes quelque chose dans l'alimentation? Épicerie? Épicerie en très gros... Boulangerie, hein? Boulangerie, pâtisserie?... Attendez, attendez ! Oh ! non, cela, évidemment, ce serait drôle !...

Char... Non ! vous n'avez pas le physique !... Mais, au fait, pourquoi dit-on qu'il y a un physique de char... Non ! Et puis, après tout, on ne sait jamais, et c'est propre, c'est coquet, c'est amusant... Et il paraît que ça rapporte follement d'argent... Char...

Mme DAVRON. — Charcutière?... Vous trouvez que je n'ai pas l'air d'une charcutière?

> Les charcutières qui se font
>   Sur le front
>   De petits frisons
>   Polissons,
>   Comme sont,
> Comme sont les queues des jeunes cochons..

FEUGEROLLES. — Mais ça rime, ce que vous dites là ! Vous dites des vers... Allons, allons ! Vous voyez bien que vous me faites marcher ; j'avais deviné tout de suite, vous êtes institutrice, une institutrice en congé, et maintenant c'est la

rentrée des classes... Mais je vous répète
que j'épouserais très bien une institutrice...

Mme DAVRON. — Vous épouseriez une
institutrice, même si elle était mariée !

FEUGEROLLES. — Vous êtes mariée?

Mme DAVRON. — Et je ne suis pas institutrice.

FEUGEROLLES. — Mais je ne tiens pas à
à ce que vous soyez institutrice ; et je ne
tiens pas non plus essentiellement à vous
épouser ; je tiens à vous aimer, à vous le
dire, à vous le prouver...

Mme DAVRON. — Je suis une femme à
qui l'on ne peut pas dire qu'on l'aime...

FEUGEROLLES. — A cause de votre
situation sociale?

Mme DAVRON. — A cause de la situation de mon mari.

FEUGEROLLES. — Votre mari, la situation de votre mari? Voyons, ça n'est pas

le Président de la République? Vous n'êtes pas la femme du Président de la République, ça se saurait !

Mme DAVRON. — Mais il n'y a pas qu'une situation très élevée qui puisse mettre entre nous une barrière infranchissable. Supposez que cette situation, au lieu d'être très élevée, au lieu d'être la plus élevée, comme vous l'imaginiez d'abord, beaucoup trop flatteusement...

FEUGEROLLES. — Vous êtes la femme d'un forçat?

Mme DAVRON. — Mais non !

FEUGEROLLES. — Parce que j'aimerais très bien la femme d'un forçat à la face du ciel ! Vous ne me connaissez pas ; je suis un homme du monde, un homme de cercle, tout ce que vous voudrez, mais j'ai l'âme romantique... Je regrette que vous ne soyez pas la femme d'un forçat !

Mme DAVRON. — Vous êtes bien aimable !

FEUGEROLLES. — Mais j'y pense? Vous êtes peut-être la femme du bourreau? Non ? C'est dommage, parce que ça aussi, ça serait romantique !...

Mme DAVRON . — Malheureusement mon mari n'est pas bourreau, mon mari n'est pas forçat, mon mari n'est pas président de la République : il est simplement quelque chose, oh ! quelque chose d'assez important, d'ailleurs, il a un bon poste, bien payé, dans les pompes funèbres.

FEUGEROLLES. — Dans les...

Mme DAVRON. — Dans les pompes funèbres. Je suis la femme d'un employé, d'un directeur, si vous voulez, des pompes funèbres... Et ça, vous voyez bien, Feugerolles, que c'est irrémédiable, même pour un romantique comme vous.

FEUGEROLLES. — Mais vous l'avez bien pensé...

Mme DAVRON. — Quand je l'ai épousé,
il n'était pas dans les pompes funèbres,
pas encore, il était dans les assurances,
comme tout le monde. C'est parce qu'il ne
réussissait pas dans les assurances, qu'un
hasard, des relations, l'ont fait entrer
dans les pompes funèbres, où il a parfaitement réussi.

FEUGEROLLES. — Enfin, maintenant,
vous êtes heureuse?

Mme DAVRON. — Mais certainement, je
suis heureuse. Et d'ailleurs, si je ne l'étais
pas, est-ce que c'est vous, Feugerolles,
qui voudriez songer à me consoler? Supposez un instant que je consente à vous
écouter, on ne prend pas pour maîtresse,
on n'enlève pas la femme d'un employé
des pompes funèbres. Tout, mais pas ça !
C'est ridicule ! Et si je divorçais, si je de-
venais veuve, est-ce que vous pourriez
m'épouser? Entendez-vous les gens dans
votre famille, au cercle, les gens qui di-

raient : — Feugerolles? Il épouse une veuve, ou une divorcée... — Et qu'est-ce que faisait le premier mari? — Il était dans les pompes funèbres ! — Voilà ce qui s'appelle faire une fin !... Non, Feugerolles, vous voyez bien : c'est impossible !...

FEUGEROLLES. — Mais si votre mari reprenait un petit portefeuille d'assurances?

Mme DAVRON. — Il n'en est pas question ; il réussit très bien, je vous le répète, là où il est. Et puis quoi? Il n'y a que vous que cela gêne. Et je ne peux pas lui conseiller d'abandonner les pompes funèbres, pour qu'il me soit plus facile de me remarier avec un autre, ou de prendre un amant...

FEUGEROLLES. — Ah ! c'est trop bête aussi ! Quel dommage ! Quel dommage !...

Mme DAVRON. — Ce qui est dommage

c'est que vous m'ayez forcée à vous dire tout cela. Vous n'avez pas voulu comprendre que ce qu'il y a de délicieux, justement, en voyage, sur les plages, dans les villes d'eaux, c'est que l'on ne se connaît pas, ou à peine, que l'on ne prend pas le temps d'approfondir, de préciser, que l'on peut soi-même oublier qui l'on est, et que les gens ne s'inquiètent pas de savoir trop exactement qui vous êtes. Sans votre insistance maladroite, vous auriez conservé de moi un souvenir charmant, n'est-ce pas, Feugerolles? Pas même le souvenir de mon nom, peut-être, mais l'image agréable d'une petite femme que vous aviez eu plaisir à regarder pendant une saison... Et pour moi, croyez-vous que ce n'était pas aussi un plaisir pour moi de penser que je pouvais laisser de moi, derrière moi, rien que ce gentil souvenir? Au lieu de cela, désormais, vous ne pourrez plus songer à cette petite Mme Davron, sans dépit, sans mauvaise humeur, sans froncer les sourcils ou sans pouffer de rire : la femme d'un employé des pompes funèbres, quelle conquête ! Vous voilà bien avancé, gâcheur !...

FEUGEROLLES. — Mais pourquoi?.. Mais non, je vous assure... Évidemment, la première impression...

Mme DAVRON. — Allez, vous avez beau faire, le charme est rompu... C'est fini...

FEUGEROLLES. — Fini et enterré... Oh ! pardon !...

Mme DAVRON. — Vous voyez bien !

L'express vient d'être annoncé. Mme Davron quitte la salle d'attente et se dirige vers le quai, sans que Feugerolles, qui semble accablé, ait fait un mouvement pour l'accompagner ou la rejoindre. La porte de la salle d'attente s'ouvre brusquement, et Sarclay paraît, tout essouflé, un gros bouquet de roses rouges à la main. Sarclay était un de ceux qui, avec Feugerolles, serrait de plus près la jolie et mystérieuse Mme Davron.

SARCLAY. — Déjà là, Feugerolles? Sacré Feugerolles !... Mais qu'est-ce que vous avez fait de notre charmante amie? Son train n'est pas parti, j'espère? Un train de 8 h. 30 du matin, voilà bien encore une idée à elle ! Drôle de petite bonne femme !... Sérieusement, où est-elle? J'ai là un bouquet de roses que je ne voudrais tout de même pas être forcé d'offrir à la bibliothécaire de la gare, ou à la dame des...

FEUGEROLLES. — Croyez-moi, Sar-clay, un conseil : ni fleurs, ni couronnes.

IX

LE PERMISSIONNAIRE

Une salle d'attente ne serait pas une
salle d'attente si l'on n'y rencontrait, à
toute heure de jour et de nuit, un soldat
permissionnaire. C'est bien sur quoi
comptait Margelle, fort embarrassé de son
chien pour aller retrouver la charmante
Mlle Barbory, Constance Barbory, qui
lui avait donné rendez-vous près de la
gare, entre deux trains. Et au premier
coup d'œil, il a pu repérer dans un coin
un soldat des chars d'assaut, d'aspect
fort débonnaire, en dépit des attributs
effrayants dont s'ornaient sa coiffure et la
manche de sa capote, le soldat Bouafle.

MARGELLE. — Militaire, eh là !... militaire?... Voulez-vous gagner cent sous?

BOUAFLE. -- Mais, Monsieur !...

MARGELLE. — Tenez, voilà cent sous et mon chien ; je vous reprendrai le chien dans une demi-heure, mais vous pourrez garder les cent sous... Quoi ! mon chien ne vous fait pas peur !...

BOUAFLE. — Il n'est pas méchant?

MARGELLE. — Méchant, lui, Piston? Militaire, vous voulez rire ! Piston, c'est son nom. Vous n'avez qu'à lui dire: — Ici, Piston ! — Couché, Piston !... — Ce n'est pas un chien, c'est un agneau !... Alors, entendu, merci, et à tout à l'heure !

BOUAFLE. — Couché, Piston !... Ici, Piston !... Eh, là ! eh, là ! sacré cabot !... Bon sang de bon sang !... Mais s'il se met à courir comme ça, il va faire un malheur !... Et je te jappe, et je te jappe !... N'ayez pas peur, mon petit ami, c'est jeune, c'est gai, mais ce n'est pas méchant !...

Le fait est que, sans la moindre peine, le petit Barbory, qui arrivait sur le quai de la gare avec Mlle Barbory, sa tante, au moment où le chien Piston, s'étant échappé, menaçait de jeter le trouble au milieu des hommes d'équipe, — du diable, peut-être même, qui sait, entre les locomotives !

— Tonton Barbory, sans la moindre peine, a rattrapé la laisse du chien Piston, et le ramène tout joyeux dans la salle d'attente, où le soldat Bouafle, qui avait eu chaud, partage maintenant ses témoignages de sympathie et de reconnaissance entre l'enfant et le chien, entre Tonton et Piston.

Mlle BARBORY. — C'est à vous ce chien, militaire ?

BOUAFLE. — C'est à moi sans être à moi. Enfin, c'est-à-dire que, censément, c'est moi qui le garde.

Mlle BARBORY. — Voulez-vous me

rendre un service, et garder aussi mon petit garçon? Mon petit garçon, c'est-à-dire mon neveu, mais c'est un petit garçon tout de même...

BOUAFLE. — C'est que j'ai déjà pas mal à faire, rien que pour garder le chien.

Mlle BARBORY. — Justement : Tonton vous aidera. Vous voyez comme ils s'entendent bien tous deux? N'est-ce pas que tu veux aider M. le soldat à garder son chien, pendant que je vais aller faire une course? N'est-ce pas, mon petit Tonton? Son vrai nom, c'est Roland, mais nous l'appelons Tonton...

BOUAFLE. — C'est plus gentil. Moi, je m'appelle Bouafle...

Mlle BARBORY. — C'est gentil aussi. Alors, Tonton, c'est entendu, je te laisse un petit quart d'heure ; et tu tâcheras d'être sage, et de ne pas faire enrager M. Bouafle, ni le chien de M. Bouafle.

TONTON. — Et où c'est que tu vas?

Mlle BARBORY. — Les petits garçons bien élevés n'interrogent pas les grandes personnes.

TONTON. — Et quand c'est grand'oncle Barbory, quand c'est ton père à toi qui me le demandera où que tu es allée? Lui, c'est bien une grande personne : alors, faudra que je lui réponde !

Mlle BARBORY. — Réponds-moi d'abord : veux-tu dix sous?

TONTON. — Je veux bien dix sous, mais je veux savoir où tu vas...

Mlle BARBORY. — Eh, bien ! voilà vingt sous et tâche de te tenir tranquille. Je vous le confie, n'est-ce pas, monsieur Bouafle? Merci, monsieur Bouafle !...

La voici enfin débarrassée du gamin insupportable que son père trouve toujours moyen de lui imposer comme chaperon. Tonton, avons-nous dit, est le neveu de Mlle Barbory : comment Constance Barbory, à peine majeure, a-t-elle déjà un neveu de neuf ans et demi? M. Barbory s'est-il marié deux fois? Mais cela vous est bien égal, n'est-ce pas? Sachez seulement que M. Barbory est veuf, qu'il est terriblement jaloux de sa fille Constance, et qu'il la surveille étroitement. Ah ! on ne peut pas dire que Constance Barbory soit élevée à l'américaine !... Ça ne l'a pas empêchée, d'ailleurs, de nouer une intrigue assez avancée déjà avec le propriétaire du chien Piston, avec Margelle. Mais pour qu'ils puissent se rencontrer, c'est d'un compliqué ! Heureusement que Margelle n'a rien d'autre à faire dans la vie que de guetter les rendez-vous de Constance. Et puisque M. Barbory a consenti, par extraordinaire, à ce qu'elle fît ce voyage seule, — seule, sous le contrôle de Tonton, — qu'elle avait à changer de train, et que le train qu'elle devait reprendre correspondait aussi mal que possible, — Dieu merci ! — avec celui qui l'amenait ici (un arrêt de cinquante minutes : les compagnies de chemin de fer sont la Providence des amants !...), Constance a pu combiner cette rencontre, et, grâce au soldat Bouafle, cette autre Providence, elle n'aura pas maintenant, pour aller retrouver Margelle, son neveu Tonton suspendu à ses jupes, ce qui, au propre comme au figuré, risquerait de la gêner, et de gêner Margelle, singulièrement. Tonton est, d'ailleurs, tout à ses nouveaux amis, le soldat Bouafle et le chien Piston.

TONTON. — Il ne sait pas faire : « Portez, armes ! », votre chien? Alors ce n'est pas un vrai chien de soldat...

BOUAFLE. — Mais, non, je vous ai dit c'est un chien que je garde, censément, comme votre tante m'a demandé de vous garder.

TONTON. — Alors, vous n'êtes pas soldat, vous êtes gardien ! Pourquoi avez-vous un habit de soldat, alors?

BOUAFLE. — Dans cent quatorze jours, je le quitte, mon petit gars ! Cent quatorze, demain matin !...

TONTON. — Donnez-moi votre béret ! On va le mettre au chien... Vous ne voulez pas? Vous ne savez jouer à rien ! Alors je vais pleurer, ou je m'en vais... Et puis je vais vous faire manger par le chien : là ! mords-le, kss, kss...

BOUAFLE. — Monsieur Tonton, je le dirai à votre tante !...

TONTON. — Tata ? Si vous croyez qu'elle me fait peur ! C'est plutôt elle qui a peur de moi, peur que je raconte des choses, oui, des choses... D'abord, pourquoi qu'elle s'est en allée?

BOUAFLE. — C'est ses affaires, à cette demoiselle !

TONTON. — Oui, et vous croyez que, si c'était des affaires honnêtes, elle m'aurait donné vingt sous, comme ça, pour que je n'en parle pas? Enfin, on va toujours commencer par les boire, ses vingt sous ! Combien pensez-vous que ça coûte, au buffet, un sirop de grenadine?

BOUAFLE. — Je sais pas, moi, peut-être bien quinze sous?

TONTON. — Alors, il n'y a que moi qui boirai. Mais vous aussi, peut-être bien que vous avez des sous?

BOUAFLE. — Et ces cent sous-là, mon petit gars, les cent sous que le Monsieur au chien m'a donnés pour lui garder son chien !

TONTON. — C'est vrai que, pour me garder, moi, elle ne vous a rien donné, ma tante ; c'est une rosse ! Mais venez, puisque c'est comme ça, c'est vous qui boirez le sirop de grenadine ; si, si, au moins la

moitié !... Et puis on donnera des sucres à
Piston ; n'est-ce pas, mon chienchien, que
tu en veux, des susucres? Et le méchant
soldat qui ne veut pas que nous y allions
au buffet, où il y a des bons susucres !...
Mords-le, kss, kss, mords-le, mon Piston!...

Bouafle est un soldat courageux, mais
un chien qui aboie, et qui montre les dents,
ça lui produit toujours une impression
excessivement désagréable ; bien sûr qu'à
la manœuvre, dans le service, ce ne serait
pas pareil ; il est évident que, s'il était
dans son char d'assaut, avec tous ses appa-
reils de protection, et son casque, et ses
plaques blindées, il s'en ficherait pas mal,
de ce sale cabot !... Et puis c'est aussi à
cause du scandale : ce gamin qui braille,
ce chien qui hurle, tout ça autour d'un
militaire en uniforme, dans un endroit
réputé public, — car une salle d'attente
est un endroit réputé public, — ça fait
mauvais effet et ça risque d'attrouper

les personnes... Bouafle a donc préféré céder au chien, céder au gosse, et les conduire tous les deux jusqu'à la buvette. Mais une fois installés là, si l'on allait les chercher dans la salle d'attente, puisque c'est dans la salle d'attente, en somme, qu'on les lui a confiés et qu'on doit les reprendre?... Et Bouafle, à qui Tonton, attablé devant sa grenadine, a promis d'être sage et de veiller à la sagesse de Piston, le consciencieux Bouafle est retourné jusqu'à la salle d'attente pour rassurer, s'ils étaient revenus et s'inquiétaient de leur absence, le propriétaire de Piston et la tante de Tonton.

Bouafle ignore, en effet, que Margelle et Constance Barbory ont, en ces trop courts instants, autre chose et mieux à faire que de s'inquiéter avec tant de hâte de leur neveu et de leur chien.

Mais ce n'est, à la vérité, ni d'un neveu, ni d'un chien, que se préoccupe le monsieur que Bouafle, à son retour, trou-

vera arpentant si nerveusement la salle
d'attente : ce n'est ni d'un neveu, ni d'un
chien, c'est de sa fille. Car le monsieur
agité n'est autre que le propre père de
Constance, M. Barbory lui-même, qui
avait voulu lui faire cette surprise, ayant
dû lui aussi partir en voyage, de venir
jusqu'ici à sa rencontre, pour qu'elle ne
s'ennuie pas trop pendant les cinquante
minutes d'arrêt. Pour une surprise, c'est
une surprise ! Pas de Constance, pas de
Tonton, pas de fille, pas de neveu : où
peuvent-ils être? Déjà M. Barbory se
serait élancé à leur recherche, explorant
la gare et ses environs, s'il n'avait une
lourde valise, que, par ces temps de bandits masqués ou non et d'écumeurs de
gares, il n'ose pas abandonner. Fort à
propos survient le soldat Bouafle.

BARBORY. — Militaire, vous allez me
rendre un service ; je suis forcé de m'ab-
senter un instant ; pendant mon absence,

ayez donc l'œil sur ma valise. Et voici pour vous... Mais si, mais si ! Vous les boirez à ma santé !...

Barbory, pressé, autant qu'on l'imagine, d'éclaircir le mystère de Constance, a filé si vite que Bouafle n'a eu le temps de dire ni quoi, ni qu'est-ce, ni de s'expliquer, ni de se défendre, ni de protester. Cette valise... C'est très joli d'avoir l'œil, ici, sur cette valise ; mais pendant ce temps, qui est-ce qui surveillera Tonton et Piston? On ne peut pas les laisser s'éterniser à la buvette ! Cette valise est d'un lourd, et d'un encombrant ! N'importe, Bouafle a accepté de garder la valise comme il avait accepté de garder le chien et l'enfant. Donc, malgré son poids et son volume, malgré la gêne et la fatigue, Bouafle, plutôt que de manquer à sa promesse — un soldat est un soldat, — pour aller chercher le chien et l'enfant, le soldat Bouafle emportera la valise. Et c'est dans une salle d'attente actuellement vide de valise et de chien, vide de Tonton, vide de Bouafle, qu'au bout de quelques instants vont reparaître, pas fiers du tout, Constance Barbory et Margelle.

MARGELLE. — Il faut que je retrouve mon chien !

Mlle BARBORY. — Et moi, mon neveu !

MARGELLE. — Vous êtes sûre que c'était M. Barbory ?

Mlle BARBORY. — Hélas ! mon ami, c'est mon père...

MARGELLE. — Oui, la voix du sang ! Que puis-je faire ?

Mlle BARBORY. — Être courageux, vous en aller. Si mon père surprenait notre rendez-vous, il ne vous le pardonnerait de sa vie.

MARGELLE. — Vous croyez qu'il se doute ?

Mlle BARBORY. — Pourquoi serait-il venu ici?

MARGELLE. — Et si vous vous étiez trompée?

Mlle BARBORY. — Mon pauvre ami, voilà en tout cas une valise qui ne trompe pas : je la reconnais, c'est sa valise !...

MARGELLE. — La voix du sang ! Mais si c'est la valise de votre père, comment se fait-il qu'elle soit portée par ce militaire? Et je le reconnais aussi, ce militaire, c'est celui à qui j'avais confié Piston...

Mlle BARBORY. — Et moi Tonton

BOUAFLE. — Soyez sans inquiétude, Monsieur et dame. Votre chien et votre neveu sont en lieu sûr et en bonne santé.

Mlle BARBORY. — C'est tout de même bien commode d'avoir ce militaire : il est obligeant !

MARGELLE. — Si son obligeance pouvait aussi nous débarrasser du propriétaire de la valise !

Mlle BARBORY. — Pourquoi non, après tout? Ce qu'il ne faut pas, c'est que mon père puisse deviner que je m'étais arrêtée ici pour vous rejoindre. Si, au lieu de me surprendre avec vous, il me trouvait dans les bras de ce militaire...

MARGELLE. — Mais il serait furieux aussi, et vous seriez compromise !...

Mlle BARBORY. — Il serait furieux ; mais, comme je serais en effet compromise, il serait bien forcé ensuite d'accorder ma main au premier venu...

MARGELLE. — Et le premier venu, ce serait moi. Comme vous êtes intelligente !...

Mlle BARBORY. — Je vous aime, mon ami, voilà tout !... Ah ! le militaire ! Il n'y a pas une minute à perdre.

BOUAFLE. — Si c'était un effet de votre

bonté, je vous demanderais de venir vous-même jusqu'à la buvette, pour faire entendre raison à votre petit garçon et à votre chien. Je ne sais pas ce qu'on a pu lui mettre dans sa grenadine, à votre petit garçon, mais il est dans un état : il chante, il bavarde pour faire rigoler les hommes d'équipes ; et puis il excite le chien contre moi...

MARGELLE. — Je vais voir cela ; et vous militaire, pendant ce temps, faites bien ce que Mademoiselle va vous demander !

BOUAFLE. — Qu'est-ce qu'il y a encore à garder?

Mlle BARBORY. — Moi.

BOUAFLE. — Que je vous garde? Où ça?

Mlle BARBORY. — Sur vos genoux. Ce serait trop long à vous expliquer ; ne cherchez pas à comprendre ; et puis vous n'avez pas besoin de comprendre. Vous allez me prendre sur vos genoux, vous dis-je, me serrer dans vos bras bien fort, et, quand le Monsieur qui vous avait confié cette valise reviendra pour la chercher, vous m'embrasserez sur les yeux, sur les cheveux...

BOUAFLE. — Eh, là ! eh, là !

Mlle BARBORY. — Puisque c'est moi qui vous le demande? Ça n'est pas difficile, ça n'est pas désagréable... Est-ce que vous n'êtes pas un soldat, un soldat français?, Le soldat français est galant et brave !

BOUAFLE. — Sans doute que je suis galant et brave, mais enfin je suis en permission, et tout ça c'est bien du fourbi ! Les enfants, les chiens, les valises, et maintenant embrasser les dames !... Bien sûr que, dans un sens, c'est plutôt flatteur, vu que ça prouve que le soldat français inspire confiance, et que c'est toujours à lui qu'on s'adresse, quand c'est que la confiance est en jeu. Oui, dans un

sens !... Mais, dans un sens aussi, il ne faudrait pas abuser de la complaisance militaire, et je compte cent-quatorze jours
demain matin !...

Mlle BARBORY. — Monsieur Bouafle,
pour me faire plaisir...

BOUAFLE. — Évidemment, je ne peux
pas refuser ça à une gentille demoiselle
comme vous...

Mlle BARBORY. — Et vous ne savez
pas le service que vous me rendrez !...

BOUAFLE. — J'aime à rendre service !
là, si vous voulez me passer les bras
autour du cou... Mais, pour ce service-là,
vous ne me donnerez pas d'argent comme
pour le chien et pour la valise : ça ne serait
pas délicat !...

X

LA BRETONNE

Cette fois, les Montboyer ont pris leurs
précautions : on ne leur chipera pas leur
bonne !... Vous vous rappelez cette na-
vrante histoire, tout le mal que s'était
donné Mme Montboyer pour faire venir
de la Creuse une certaine Rosalie Charmot, qui, à sa descente du train, fut
accostée par une dame, une dame très
bien ; et cette dame très bien lui ayant
demandé si elle ne venait pas pour se
placer à Paris : — Si, Madame ! — répon-
dit Rosalie. Et la dame très bien lui ayant
offert séance tenante deux cent cinquante
francs par mois, et le cinéma deux fois
par semaine, Rosalie Charmot n'entra
jamais chez les Montboyer.

Alors, pour Anne-Marie Bannalec, les

Montboyer se sont bien promis de se montrer moins naïfs. Anne-Marie Bannalec est une Bretonne qui, du fin fond de sa Bretagne (ô puissance de la presse !) a répondu à une petite annonce que les Montboyer avaient fait insérer dans leur journal ; et s'il est vrai que cette annonce était rédigée en termes particulièrement alléchants, la lettre de la Bretonne était remplie des promesses les plus heureuses, si bien que Mme Montboyer ne put la lire sans un frémissement, et déclara aussitôt : — Cette fois, je crois que nous tenons une perle !

Raison de plus, n'est-ce pas, pour ne pas se la laisser enlever ! Il a donc été décidé que, pour plus de sûreté, et pour que quelque autre dame très bien ne renouvelât pas avec Anne-Marie le coup de Rosalie, il a été décidé que M. Montboyer irait lui-même la chercher à la gare. Des renseignements très précis ont été envoyés à Anne-Marie Bannalec concernant l'aspect physique, la coupe de barbe, la façon de s'habiller de M. Montboyer ; et, d'ailleurs, pour faciliter leur reconnaissance et éviter toute surprise ou toute erreur, il a été convenu que lui et elle, M. Montboyer et Anne-Marie Bannalec, tiendraient à la main un mouchoir à carreaux bleus et blancs : Anne-Marie Bannalec a écrit qu'elle avait un mouchoir à carreaux bleus et blancs, et M. Montboyer n'a eu qu'à s'en procurer un.

En dépit de ce mouchoir, M. Montboyer commençait à désespérer de découvrir la perle bretonne dans le flot des voyageurs amenés par l'express de Rennes, quand une grande jeune femme élégante, qui, arrêtée auprès de lui, le considérait depuis un moment sans qu'il s'en aperçût, lui toucha légèrement l'épaule. La grande jeune femme élégante tenait à la main un mouchoir à carreaux bleus et blancs.

ANNE-MARIE. — Monsieur Montboyer, n'est-ce pas?

M. MONTBOYER. — Mais madame... mademoiselle... Mais non, ce mouchoir... Vous venez de la part?... Vous seriez...

ANNE-MARIE. — Anne-Marie Bannalec, pour vous servir, monsieur Montboyer !...

MONTBOYER. — Ça, c'est fantastique!.. Mais non, c'est impossible, il y a un malentendu, une confusion que je ne comprends pas... Oui, il y a confusion...

ANNE-MARIE. — Voilà précisément ce que je me propose, si vous me le permettez, cher monsieur Montboyer, de tirer d'abord au clair. Entrons donc un instant dans cette salle d'attente, où il n'y a personne, où nous pourrons nous asseoir, et où nous nous expliquerons gentiment. En attendant, vous ferez bien de remettre votre mouchoir dans votre poche : c'est un signe de ralliement commode, mais un peu voyant, et maintenant inutile, puisque vous m'avez trouvée et que je vous ai reconnu. D'ailleurs, il me semb'e que je vous aurais reconnu, même sans le mouchoir...

MONTBOYER. — Eh, bien ! moi, j'avoue que, même avec le mouchoir, je n'arrive pas... je ne peux pas arriver à me figurer... Voyons, voyons ! C'est bien à vous que nous avons écrit, et c'est bien vous qui nous avez écrit ; c'est bien vous qui demandez à vous placer chez nous comme...

ANNE-MARIE. — Comme bonne à tout faire... C'est justement la première question que je désirais vous poser : c'est bien d'une bonne, d'une vraie bonne que vous avez besoin ? Vous n'êtes pas, — excusez-moi, monsieur Montboyer, mais j'arrive de ma province, et vous savez combien, en province, on nous rebat les oreilles, à nous, jeunes filles, de tous les dangers de Paris, — vous n'êtes pas de ces hommes passionnés et sans scrupules, — pardon, monsieur Montboyer ! —qui, sous prétexte de les prendre à leur service, cherchent à attenter à l'honneur des malheureuses créatures qu'ils ont attirées ?

MONTBOYER. — Quand je demande une bonne, c'est que j'ai besoin d'une bonne. C'est déjà assez difficile à trouver comme ça, et il faut avoir l'esprit joliment compliqué pour imaginer que je puisse être un satyre, ou que je pratique la traite des blanches !

ANNE-MARIE. — Mettez-vous à ma place !...

MONTBOYER. — Oui, on n'est jamais trop prudent.

ANNE-MARIE. — Alors, encore une fois, vous m'excuserez, cher monsieur Montboyer?

MONTBOYER. — Je vous excuse d'autant plus volontiers que je comprends maintenant, je crois commencer à comprendre... Avec votre tournure, votre allure, habillée comme vous êtes, je me disais bien aussi : vous ne pouvez pas être une simple fille de Bretagne qui vient se placer à Paris ; vous devez être dans une œuvre, nspectrice, c'est ça, ou même présidente : vous êtes assez huppée, ma foi, pour être présidente... Une œuvre pour placer les jeunes filles, et aussi, surtout pour les protéger, c'est bien cela ! Vous faites des enquêtes, des « sondages » comme on dit, à propos des petites annonces et des offres d'emploi; vous en prenez telle ou telle au hasard, que vous suivez, pour voir si c'est sérieux, si ça n'est pas de la frime ou un guet-apens. C'est un truc qui n'est pas bête. Aujourd'hui, vous êtes mal tombée, puisque vous êtes tombée sur moi...

Anne-Marie. — Oh ! monsieur Montboyer...

MONTBOYER. — Si, si... Je ne le regrette pas, puisque cela m'au a procuré de faire votre connaissance ; seulement je ne vous cacherai pas non plus que j'aurais préféré trouver ici a bonne que je devais enfin ramener à ma femme.

ANNE-MARIE. — Vous savez que c'est vous, monsieur Montboyer, qui faites preuve de beaucoup d'imagination. Je ne suis ni inspectrice, ni présidente de quoi que ce soit ; je suis, je vous le répète, Anne-Marie Bannalec, pour vous servir. Et si je vous ai posé cette première question, qui a pu vous sembler un peu singulière, c'est que je vou'ais être bien sûre que vous aviez vraiment besoin d'être servi.

MONTBOYER. — Si j'ai besoin... Mais, ma chère demoiselle, vous ne vous faites aucune idée de ce qui se passe chez moi depuis plus de dix mois !... Personne ! Plus moyen de trouver personne ! Si,

quelquefois, on voit apparaître à la cui-
sine une figure patibulaire, moustachue,
effroyable, à mine de harpie, d'ivrognesse
ou d'incendiaire, ça reste huit jours,
quinze au plus.

ANNE - MARIE. — Pauvre monsieur
Montboyer !... Mais Mme Montboyer a
peut-être un caractère...

MONTBOYER. — Évidemment, elle a un
caractère... Ce n'est pas sa faute ; c'est
le nouvel état des mœurs. Pensez que
nous avons essayé de tout, même d'un
cuisinier nègre qui voulait coucher dans
notre lit ! Et aujourd'hui voilà une nouvelle déception.

ANNE-MARIE. — Pourquoi une déception? Vous n'avez pas confiance en moi,
vous ne croyez pas que je sois une perle?
Vous n'êtes pas gentil !...

MONTBOYER. — Voyons, voyons, mademoiselle Bannalec, vous badinez ! Je ne

sais pas encore exactement, je ne comprends pas ce que vous voulez, ce que
vous êtes venue faire ici, mais je ne vous
vois pas avec ma femme dans notre cui-
sine !...

ANNE-MARIE. — Mme Montboyer est
jalouse?

MONTBOYER. — Il ne s'agit pas de
cela ; mais elle ne voudrait jamais vous
prendre comme cuisinière, parce que,
d'abord, on ne vous prend pas pour une
cuisinière...

ANNE-MARIE. — Parce que je ne suis
pas moustachue, que je n'ai pas l'air
d'une incendiaire, comme vous disiez
tout à l'heure, ou d'une ivrognesse?...

MONTBOYER. — Et, puis, c'est vous qui
ne vous entendriez jamais avec Mme Montboyer...

ANNE-MARIE. — Quand je vous ai
interrogé, vous m'avez seulement répondu

que Mme Montboyer avait un *caractère*.
Quel genre de caractère?... Un mauvais
caractère...

MONTBOYER. — Mais non, mademoiselle Bannalec, pas aussi mauvais caractère que vous pourriez vous le figurer.

ANNE-MARIE. — Je ne me figure rien ;
seulement ce que je vois tout de suite,
c'est que vous êtes un brave homme, un
bon mari...

MONTBOYER. — Oui, je comprends et
j'excuse ma pauvre chère femme ! Pour
résister à l'existence qu'elle mène et que
nous menons depuis des mois...

ANNE-MARIE. — Depuis que vous
n'avez plus de bonne...

MONTBOYER. — Il faudrait être un
ange !

ANNE-MARIE. — Mme Montboyer n'est
pas un ange... Mais vous, monsieur Mont-

boyer, est-ce que vous êtes un ange? Car cette existence infernale...

MONTBOYER. — Vous pouvez le dire, un enfer !...

ANNE-MARIE. — Cet enfer, vous y vivez, et vous y vivez avec Mme Montboyer ; et, si excusable que soit Mme Montboyer d'être devenue, dans ces conditions, irritable, nerveuse, ses nerfs, à Mme Montboyer, il faut bien qu'elle les passe sur quelqu'un, puisqu'elle n'a plus de bonne, puisqu'elle ne peut plus avoir de bonne ; et ce quelqu'un, c'est vous. Son irritation, c'est contre vous qu'elle la tourne, qu'elle l'exprime, et sans doute avec violence ; bref, si je puis employer ce mot vulgaire du vocabulaire maritime, — mais n'oublions pas que je suis Bretonne, et par conséquent fille de marins, — bref, c'est toujours vous, mon pauvre monsieur Montboyer, toujours vous qui « écopez »...

MONTBOYER. — Il est certain que pour écoper, comme vous dites, j'écope plus souvent qu'à mon tour !

ANNE-MARIE. — Je me garderais bien de dire du mal de Mme Montboyer, ou de chercher à vous en faire dire; mais avouez, monsieur Montboyer, qu'il y a des moments où vous voudriez bien souffler un peu, vous évader, prendre des vacances... Il y a de bons mariages, il n'y en a pas de délicieux, affirme un proverbe breton...

MONTBOYER. — Vous croyez que c'est un proverbe breton?

ANNE-MARIE. — En tout cas, c'est une vérité de tous les pays. Ces délices qui vous manquent, ces vacances après lesquelles vous soupirez, voilà précisément ce que je viens vous offrir...

MONTBOYER. — Je ne comprends pas.

ANNE-MARIE. —Vous allez comprendre. J'ai beaucoup réfléchi à la crise des domestiques, monsieur, et j'ai tout de suite pensé qu'il devait y avoir un parti à tirer de cette crise-là, comme de toutes les autres, pour une personne intelligente...

MONTBOYER. — Oh ! vous êtes sûrement très intelligente !

ANNE-MARIE. — Et j'ai bon cœur aussi, croyez-moi, monsieur Montboyer ! C'est d'abord mon bon cœur que j'ai écouté et qui m'a conseillée : — Comme ils doivent être malheureux, les gens qui passent leur temps maintenant à chercher des domestiques et qui ne peuvent plus arriver à se faire servir !...

MONTBOYER. — Hélas !...

ANNE-MARIE. — Pour découvrir les plus malheureux, je me suis mise à suivre assidûment les petites annonces, les offres d'emploi, à l'article « gens de service ». J'ai noté les plus pressantes, les plus poignantes, celles qui me semblaient, par la

façon même dont elles étaient rédigées,
correspondre à la situation la plus pathétique : de véritables appels de nau-
fragés !...

MONTBOYER. — Comme vous dites en
Bretagne...

ANNE-MARIE. — Et j'accours à l'aide...

MONTBOYER. — A la nage !...

ANNE-MARIE. — Si vous voulez, puisqu'il s'agit en réalité de pauvres gens dont
le ménage sombre, dont le bonheur va se
noyer...

MONTBOYER. — Vous leur procurez des
cuisinières?

ANNE-MARIE. — Non, il ne faut pas
demander l'impossible. Mais je m'emploie
de mon mieux à rétablir chez eux la
bonne humeur perdue. Car il est bien
évident que ce dont ils souffrent surtout,
les malheureux, c'est d'être tout le temps,

mari et femme, à se rejeter la responsabilité de la maison mal tenue, des repas médiocres et irréguliers. Il faut absolument trouver pour le mari une distraction, un dérivatif ; il faut qu'il ne s'occupe plus de ce qui se passe chez lui ; qu'il soit, devant le gigot dur et pas cuit, tout sourire et tout indulgence...

MONTBOYER. — Il faut un miracle...

ANNE-MARIE. — J'ai deux procédés. Un procédé radical et violent : je l'enlève...

MONTBOYER. — Vous enlevez le mari ?

ANNE-MARIE. — Je vous enlèverai si vous voulez... Oh ! une simple fugue !... Mais le mari qui vient ici, qui me trouve, qui songe ensuite au retour mélancolique, à sa femme déçue et furieuse, — ce n'est pas encore cette fois-ci qu'elle sera tirée d'embarras, qu'elle aura la perle de ses rêves, puisque la fameuse Bretonne

n'est pas arrivée, — on comprend très
bien qu'il y ait des maris timides et excé-
dés qui préfèrent s'en aller, ne pas affron-
ter l'explosion d'une colère redoutable, ne
pas recommencer leur calvaire, bref, qui
préfèrent ne pas rentrer...

MONTBOYER. — Et vous vous flattiez
de rétablir la paix dans les ménages...

ANNE-MARIE. — Mais cela n'empêche
pas, au contraire ! Il ne s'agit que d'une
simple fugue, d'où le mari reviendra
prêt à tout supporter, souple et repen-
tant... D'ailleurs, vous, à première vue,
je vous vois plutôt destiné à user de ma
seconde méthode...

MONTBOYER. — Vous ne voulez pas
m'enlever?

ANNE-MARIE. — Vous n'êtes pas mûr.
Non, tout bonnement je vous donnerai
mon adresse ; c'est la seconde méthode :
j'ai une table excellente, un apparte-

ment merveilleusement en ordre, où l'œil le plus méfiant et le plus exercé ne découvrirait pas un grain de poussière ; j'y veille moi-même, et passe la peau de chamois sur tous les meubles, tous les matins... Alors, quand on vient d'une d'une maison comme forcément doit être la vôtre, quel délice, et quel repos !... Vous rentrez chez vous le front et le regard rassérénés ; c'est une véritable cure. Votre femme ne vous reconnaîtra plus, et vous pourrez rester sans bonne encore des mois et des mois, sans y attacher désormais la moindre importance...

MONTBOYER. — Je ne sais pas si vous êtes une vraie Bretonne, mademoiselle Bannalec, mais vous êtes certainement une sirène !...

ANNE-MARIE. — C'est toujours au bord de la mer. Alors, c'est dit, deuxième méthode ; vous ne voulez pas de quinze jours de vacances, mais je vous prends comme demi-pensionnaire. Vous verrez, monsieur Montboyer, j'aurai peut-être un jour le plaisir de connaître Mme Montboyer, et, ce jour-là, je suis bien sûre qu'elle me remerciera...

MONTBOYER. — Au fait, vous vous occupez des maris, mais vous ne pensez pas qu'il y ait une autre entreprise analogue : des Bretons, des valets de chambre bretons, qui s'occupent à distraire nos femmes, qui les prennent également comme demi-pensionnaires?...

ANNE-MARIE. — Ce n'est pas une mauvaise idée que vous avez là, monsieur Montboyer : vous êtes intelligent, on fera quelque chose de vous...

MONTBOYER. — Je vous avouerai franchement que je préfère que l'on ne fasse rien de mon idée, au moins en ce qui concerne Mme Montboyer...

ANNE-MARIE. — Vous êtes intelligent,

mais vous êtes plein de préjugés. Enfin vous voilà renseigné, vous avez mon adresse ; le déjeuner à midi et demi, le dîner à huit heures moins le quart ; je tiens à ce que l'on soit exact, naturellement. Lorsqu'on couche, le chocolat, le thé ou le café au lait dans la chambre, à sept heures et demie. Dans une maison bien tenue, on ne doit pas s'attarder au lit. Maintenant, je vous quitte ; il y a un train qui arrive de Vannes, et où doit me rejoindre encore un autre client.

MONTLOYER. — Un client?

ANNE-MARIE. — Oui, celui-là avec un mouchoir à carreaux blancs et rouges.

XI

LA FEMME FATALE

Ce monsieur qui, depuis le départ de
Paris, n'avait cessé de la fixer avec une
insistance dont on ne saurait dire si elle
était plus flatteuse que gênante ou plus
gênante que flatteuse, — cela dépend du
point de vue, et du monsieur et de la
dame, — ce monsieur, dès l'arrêt du
train en gare de La Marche (il savait
donc que La Marche était le terme de son
voyage?) s'est précipité pour l'aider à descendre, et galamment lui a tendu la
main. Mais, il faut croire qu'il s'y est pris
fort maladroitement, ou bien était-il
tellement ému?... Toujours est-il que la
dame a posé son pied à faux, que le
monsieur, qui lui avait pris la main, l'a
tirée avec brusquerie, et que c'est tout

juste s'ils ne se sont pas étalés tous les deux le long de la voie.

LE MONSIEUR. — Oh ! Madame, je suis confus, je ne sais vraiment comment m'excuser...

LA DAME. — Ce n'est rien, monsieur...

LE MONSIEUR. — Ce n'est rien? C'est beaucoup, au contraire...

LA DAME. — Rien, vous dis-je... Mais, lâchez-moi donc la main !

LE MONSIEUR. — Non, madame ; à aucun prix je ne consentirais à vous laisser repartir ainsi. Vous êtes encore toute bouleversée !...

LA DAME. — J'ai d'autres sujets de bouleversement.

LE MONSIEUR. — Et cette fiole, que vous portiez dans votre sac à main... Vraiment la mode est bien commode qui permet d'avoir de si grands sacs à main, des sacs à main qui peuvent contenir jusqu'à une bouteille !... Mais votre sac s'est ouvert, la bouteille s'est brisée...

LA DAME. — N'y touchez pas, surtout, n'y touchez pas !...

LE MONSIEUR. — Dans quel état vous voilà, et par ma faute ! Et vous voudriez que je vous laisse? Non, madame, accordez-moi cette grâce, venez jusqu'à la salle d'attente, installez-vous dans ce fauteuil, et permettez-moi de vous tenir compagnie, de veiller sur vous, jusqu'à ce que vous soyez un peu reposée, plus calme, jusqu'à ce que vous ayez repris vos esprits...

LA DAME. — Vous êtes bon : il y a dans vos façons de la douceur, de la délicatesse... Et pourtant, vous êtes un homme...

LE MONSIEUR. — Certes !

LA DAME. — Alors, vous êtes une exception... Les hommes sont tout égoïsme, perfidie et cruauté !

LE MONSIEUR. — Comme vous les jugez !...

LA DAME. — Je les juge comme quelqu'un qui a beaucoup souffert par eux,... par l'un d'eux !

LE MONSIEUR. — Le lâche ! Mais, croyez-vous qu'il n'y ait pas des hommes aussi qui souffrent par les femmes ?

LA DAME. — C'est bien leur tour !

LE MONSIEUR. — Regardez-moi.

LA DAME. — Vous avez souffert par les femmes ?

LE MONSIEUR. — Par l'une d'elles, oui, madame ; et vous voyez bien que nous pouvons nous prendre la main. A l'instant même...

LA DAME. — Que dites-vous ?

LE MONSIEUR. — Eh ! bien, oui, c'est plus fort que moi, j'étouffe ; il faut que je me confie à quelqu'un ; et puisque vous souffrez, madame, vous comprendrez mieux ma souffrance, vous y compatirez peut-être... A l'instant même, ou dans quelques instants, celle que j'aimais entre toutes et qui m'avait promis sa foi va devenir la femme d'un autre !

LA DAME. — Troublante coïncidence !... Une jeune fille d'ici, qui se marie ici ?

LE MONSIEUR. — Avec Tronchin, le fils du ministre !... Que sommes-nous auprès d'un fils de ministre ?...

LA DAME. — Avec Georges, c'est bien cela !... Ah ! Ah !... Vraiment, monsieur, vous ne pensiez pas si bien dire ! Oui, nous pouvons nous serrer la main !... Mais laissez-moi faire, et accompagnez-moi. Vous verrez, nous allons rire !

LE MONSIEUR. — Hélas ! je n'ai pas envie de rire !...

LA DAME. — Moi non plus ; mais il y a des rires douloureux, il y a des rires effrayants. Ah ! ah ! ah ! Le fils Tronchin épouse votre belle ! Mais le fils Tronchin était mon amant, monsieur ; il y a trois ans que le fils Tronchin était mon amant, et ça ne se passera pas ainsi ; et j'ai pris le train tout exprès pour assister à son mariage, son mariage auquel il avait négligé de m'inviter ! Étiez-vous invité, vous, au moins à ce mariage? Moi, je vous invite. Venez, monsieur, nous n'avons pas de temps à perdre ; nous allons rire, ah ! ah !...

LE MONSIEUR. — Mais que comptez-vous faire?

LA DAME. — Du scandale, monsieur, un scandale épouvantable !...

LE MONSIEUR. — Vous n'avez pas de revolver?

LA DAME. — Non, du vitriol, simplement, ou plutôt j'avais du vitriol. Il était dans cette fiole que je portais dans mon sac et qui s'est brisée. Savez-vous s'il y a ici un pharmacien qui consentira à me vendre du vitriol?

LE MONSIEUR. — Je crains, madame, que, dans l'état d'exaltation où vous paraissez... Et puis cette toilette, ces voiles noirs, vos yeux aussi, vos admirables yeux qui lancent des éclairs...

LA DAME. — Des éclairs, ça n'est pas du vitriol.

LE MONSIEUR. — Enfin, même pour un pharmacien, vous réalisez trop exactement le type même de la femme fatale.

LA DAME. — Est-ce que toutes les femmes ne sont pas fatales? Et sous ses voiles blancs, ses voiles de mariée, la sainte-nitouche qui vous a indignement dupé...

LE MONSIEUR. — Je vous en prie, madame...

LA DAME. —- Vous la défendez? Et moi qui allais vous proposer de me procurer le vitriol ! Parce que vous, le pharmacien ne se méfierait pas : vous avez l'air si calme...

LE MONSIEUR. — J'ai l'air calme, mais je suis torturé. Allez, madame, ma soif de vengeance égale la vôtre ! Mais il ne faut pas se venger contre un innocent. Tronchin ne m'a rien fait...

LA DAME. — Il vous prend votre maîtresse !

LE MONSIEUR. — Elle n'était pas ma maîtresse. Et puis quoi, il ne me connaissait pas, pas plus qu'elle ne vous connaissait. Je n'ai pas le droit de m'opposer au bonheur de Tronchin, pas plus que vous n'avez le droit de vous opposer au bonheur de la jeune fille qu'il épouse.

LA DAME. — Je n'ai pas votre grandeur d'âme.

LE MONSIEUR. — Et vous prétendez que ce sont les hommes qui ne valent rien !

LA DAME. — Je n'ai pas dit : tous les hommes...

LE MONSIEUR. — Eh bien ! si, au contraire : mettons tous les hommes, sauf un, sauf moi. .

LA DAME. — Comme vous voilà gai ! Vous êtes déjà consolé de la perte de cette jeune fille?

LE MONSIEUR. — Je ne suis pas encore consolé, mais je ne demande qu'à me consoler.

LA DAME. — Avec moi ?

LE MONSIEUR. — Pas avec une autre.

LA DAME. — Vous êtes galant, mais vous allez vite.

LE MONSIEUR. — Songez, madame. Il est onze heures. Dans une heure le cortège nuptial s'avancera aux accents de la *Marche de Mendelsshon...*

LA DAME. — Mais je serai là.

LE MONSIEUR. — Non, madame ; vous serez avec moi dans l'express de Paris, qui passe à onze heures vingt-sept. Nous n'avons pas déjeuné, mais il y a un wagon-restaurant ; ou, si vous préférez, je prendrai au buffet deux paniers-repas : la vengeance se mange froide.

LA DAME. — Mais vous voulez que je renonce à ma vengeance comme vous à la vôtre?...

LE MONSIEUR. — Qui dit cela? Je vous convie, au contraire, à nous venger ensemble, et de la seule façon qui soit vraiment agréable et efficace. Vous vous vengez avec moi, et moi je me venge avec vous. Ne faites pas aux autres ce

que vous ne voudriez pas qu'ils vous
fissent ; mais, faites comme les autres.

LA DAME. — Que je vous épouse?

LE MONSIEUR. — Je n'en demande
pas tant ; n'exagérons rien. Votre amant
vous trompe, trompez-le ; ma fiancée
dormira ce soir dans les bras d'un autre...

LA DAME. — Que je vous ouvre les
bras !...

LE MONSIEUR. — Je ne serais pas à
plaindre, et je vous garantis que je ne
songerais plus guère à me plaindre ; cette
mode des bras nus, quelle admirable
invention avec des voiles noirs !...

LA DAME. — Savez-vous si elle se marie
avec les bras nus?

LE MONSIEUR. — Je ne veux plus penser à d'autres bras qu'aux vôtres ! Et dire
que le père du jeune Tronchin est ministre de l'Agriculture !...

LA DAME. — L'Agriculture manque de bras.

LE MONSIEUR. — C'est ce que je voulais vous faire dire : simple expérience pour constater si vous recommenceriez à sourire. Vous êtes délicieuse quand vous souriez...

LA DAME. — Le rire à travers les larmes !

LE MONSIEUR. — On ne pleure pas toujours. Et puis quoi, un de perdu...

LA DAME. — Dix de retrouvés. Vous voulez sans doute me laisser entendre que vous en valez dix?

LE MONSIEUR. — Je suis sans orgueil.

LA DAME. — Moi, je suis très orgueilleuse.

LE MONSIEUR. — Raison de plus pour abattre, à nous deux, l'orgueil du jeune Tronchin.

LA DAME. — C'est pour cela que je voulais assister à son mariage.

LE MONSIEUR. — C'était une démarche beaucoup trop flatteuse pour lui. Vous lui auriez montré que vous ne pouviez pas renoncer à ses charmes.

LA DAME. — Ses charmes !... Ah ! là là !...

LE MONSIEUR. — Se serait-il mal conduit avec vous au moment de la rupture?

LA DAME. — Non, le père Tronchin, ou du moins le notaire du père Tronchin, a été correct ; il a même été assez chic.

LE MONSIEUR. — Çà, c'est intéressant.

LA DAME. — Mais je n'avais encore consenti à rien accepter. Car, bien entendu, ce que l'on m'offrait, c'était donnant, donnant... Parbleu, Tronchin pouvait se montrer généreux : le scandale que

je me proposais de faire risquait de lui
coûter son portefeuille.

LE MONSIEUR. — Le Ministère renversé
par une femme !

LA DAME. —- Ça n'aurait pas été le premier.

LE MONSIEUR. — Songez à la France,
madame !

LA DAME. — Dois-je songer à la France,
ou songer à vous ?

LE MONSIEUR. — Aux deux, puisque ma
cause, ici, est celle de la France.

LA DAME. — Et vous me conseillez de
retourner chez le notaire de Tronchin ?

LE MONSIEUR. — Cela, de toutes mes
forces.

LA DAME. — Et de passer avec vous la
soirée du contrat... du cóntrat de rupture ?

LE MONSIEUR. — L'express de Paris est annoncé ; commençons toujours par partir en voyage de noces. Mais, vous me permettez d'envoyer un télégramme?

LA DAME. — A votre notaire?

LE MONSIEUR. — A ma concierge.

Le monsieur s'éloigne, après avoir négligemment fermé la salle d'attente dont il a la clé dans sa poche. Il pénètre comme chez lui dans le bureau dont la porte est surmontée cependant de cette inscription redoutable : — « SURVEILLANCE ADMINISTRATIVE », — après avoir appelé le gendarme de service qui faisait les cent pas sur le quai.

LE MONSIEUR. — Gendarme, vous allez porter ce petit mot à la préfecture, au chef de cabinet du préfet ; — et au petit galop de chasse...

LE GENDARME. — C'est que je n'ai pas mon cheval...

LE MONSIEUR. — Vous galoperez de votre personne.

Et il rédige en hâte ce simple billet :

« Femme Guépart, dite Galuchewski, arrivée avec vitriol, mise aussitôt dans l'impossibilité de nuire, et remballée dans l'express de Paris où je l'accompagnerai moi-même pour plus de sûreté ».

« *Lamartine*, commissaire. »

XII

LES BANDITS MASQUÉS

Comme chaque jour après le départ du train léger de 21 h. 55 et avant le passage de l'express de 23 h. 11 — après quoi la petite gare de Luzy-au-Bac pourra, jusqu'au lendemain matin 6 h. 42, s'endormir tranquille — Bévenais, le chef de gare s'est installé dans son bureau pour tâcher de gagner les 50 000 francs en espèces, que son journal offre au lecteur perspicace, vainqueur du *grand concours des fautes de français*. On sait, en effet, que, sous les auspices du ministre de l'Instruction publique, M. Léon Bérard, un grand quotidien a eu l'idée heureuse de faire compter par ses lecteurs, non plus des grains de blé ou des allumettes, mais

les solécismes, barbarismes, impropriétés
de terme et même simples fautes d'ortho-
graphe du roman-feuilleton en cours de
publication. Et, pour éviter toute fraude,
il avait été bien entendu que le feuilletoniste ne serait pas prévenu, qu'il ne
ferait pas de fautes exprès, et que simplement il écrirait son roman comme les
autres, au courant de la plume, en usant
de son style habituel, en se laissant aller
à sa verve coutumière... Le chef de gare
Bévenais, un porte-plume à la main, et
un dictionnaire avec une grammaire à la
portée de la main, était donc plongé dans
cette lecture absorbante et délicate,
quand la porte de son bureau s'est ouverte brusquement, et un personnage
précisément de roman-feuilleton, un bandit masqué, conforme au type classique
du bandit masqué, c'est-à-dire ne portant pas de masque, mais un foulard qui
lui cache la figure et au-dessus duquel
apparaissent deux yeux « brillants comme

des escarboucles », un bandit masqué est entré, le browning au poing :

LE BANDIT. — Haut les mains !... Et donnez-moi tout de suite la clé de la salle d'attente !

BÉVENAIS. — Je veux bien vous donner la clé de la salle d'attente, mais je ne peux pas vous la donner en tenant constamment les mains en l'air...

LE BANDIT. — Trêve de plaisanteries ! C'est cette clé? Bon. Et la clé de votre bureau? Elle est sur la porte ; parfait. Vous n'avez pas de cordes ici? Mais il doit y en avoir à côté, dans la salle des bagages. Marchez devant !... Là, nous y voici. Voilà une corde qui me paraît suffisamment longue et solide. Déficelez-moi cette caisse. Maintenant, devant moi toujours, dans votre bureau, rasseyez-vous sur votre fauteuil. Je ne veux pas vous faire de mal, mais je préfère vous attacher, c'est plus prudent ; et il ne faut pas que vous puissiez téléphoner.

BÉVENAIS. — S'il arrive un accident, je décline toute responsabilité.

LE BANDIT. — Les accidents de chemin de fer arrivent la plupart du temps par la faute des employés ; vous, du moins, je vous mets momentanément dans l'impossibilité de nuire ; c'est toujours ça de gagné !

Et le bandit , laissant Bévenais mélancolique et consciencieusement ficelé, bras et jambes, au dossier et aux pieds du fauteuil, quitte le bureau qu'il referme soigneusement à double tour, et va retrouver, dissimulée près de la salle d'attente de la petite gare, la jeune Mme Tortoise, qui l'accueille dans un élan d'inquiétude passionnée.

Mme TORTOISE. — Ah ! monsieur Lan-

gelot, monsieur Langelot, que faisons-
nous-là ?... Comme j'ai peur !...

LANGELOT. — J'ai la clé, entrez vite.
Et maintenant, nous voici chez nous ;
rien ni personne ne viendra déranger
notre amour !...

Mme TORTOISE. — C'est égal, tant d'au-
dace m'effraie !...

LANGELOT. — Il faut bien : l'amour
rend audacieux ; il rend surtout ingénieux.
Pensez que, depuis des mois, nous nous
aimons, que nous ne demandons qu'à
nous le prouver l'un à l'autre, et que nous
n'y serions peut-être jamais arrivés, faute
de trouver l'endroit favorable... Vous ne
pouvez pas venir chez moi, je ne peux pas
aller chez vous...

Mme TORTOISE. — Les voisins, les po-
tins...

LANGELOT. — Ah ! les petites villes !
Et Luzy-au-Bac n'est pas même une

petite ville : ce n'est qu'un petit chef-lieu de canton ! Pas étonnant si la campagne est vertueuse ; le moyen de faire autrement?...

Mme TORTOISE. — Je suis vertueuse !...

LANGELOT. — Bien sûr, mais vous m'aimez ; et moi, je ne suis pas un bandit, mais je vous aime !... Et ce que je dis, c'est que seuls la province et l'amour pouvaient contraindre l'honnête fonctionnaire, le surnuméraire de l'enregistrement que je suis, à jouer ce rôle de bandit masqué !... Mais quoi, il fallait bien abriter notre amour autre part que sur la grand'route et dans une hutte de cantonnier... Cette salle d'attente n'est pas le dernier mot du confort, et certes je rêve pour vous d'un petit nid plus coquet, plus douillet...

Mme TORTOISE. — Alfred !...

LANGELOT. — Mais en attendant nous

sommes au chaud, nous sommes au sec, et nous sommes seuls ; la porte est close, les importuns sont loin. Laissez-moi vous asseoir doucement, doucement, dans cet unique fauteuil qu'une compagnie tutélaire a mis ici à notre disposition... Mon amie, mon amie, êtes-vous bien?... Laissez-moi me blottir contre votre épaule, poser ma tête sur vos genoux !... Ah ! nom d'un chien, qu'est-ce qu'il y a? Je glisse...

Mme TORTOISE. — Vous ne vous êtes pas fait de mal, mon ami?

LANGELOT. — Je ne me suis pas fait de mal, mon amie. Mais je n'avais pas remarqué que ce fauteuil était un fauteuil roulant ; c'est le fauteuil qui doit servir à transporter de son compartiment jusqu'à sa voiture le vieux M. Gerbois, qui est si goutteux... Vraiment la Compagnie pourrait avoir un autre mobilier dans ses salles d'attente qu'une banquette, deux chaises et un fauteuil roulant !...

Mme TORTOISE. — C'est une si petite gare !...

LANGELOT. — C'est précisément parce que c'est une très petite gare. Si c'était une très grande gare, nous serions dans une très grande ville, et nous trouverions d'autres endroits pour nous rencontrer.

Mme TORTOISE. — Si nous étions dans une très grande ville, vous n'auriez pas fait attention à moi.

LANGELOT. — Fi, la méchante !... Venez un peu, — ah ! non, pas sur ce sacré fauteuil !... — venez là, sur la banquette, que je vous montre si je ne fais pas attention à vous... Attendez !... Chut ! Qu'est-ce qu'il y a ? Écoutez ?...

Mme TORTOISE. — Mon Dieu ! que j'ai peur !... Si c'était mon mari ?... Si c'était le chef de gare ?...

Ce n'est pas M. Tortoise, le conseiller général Tortoise, qui est parti ce matin pour la préfecture, et qui ne songe pas à en revenir avant demain soir, ainsi qu'il l'avait annoncé très loyalement ; ce n'est pas le chef de gare, le chef de gare Béve‑ nais, qui, simplement, et sans pour cela se détacher de son fauteuil, a pu cepen‑ dant dégager ses mains de façon à re‑ prendre son journal, et à continuer son intéressant travail sur les fautes de fran‑ çais du feuilletoniste (275 000 francs de prix ; un premier prix en espèces de 50 000 francs)... Mais un des carreaux de la porte vitrée de la salle d'attente, — la porte qui donne sur le quai, — vient de voler en éclats ; une main passe à tra‑ vers l'ouverture, et exerce intérieurement sur la serrure une pression savante ; la porte s'ouvre, et Langelot, qui s'est pré‑ cipité en avant de Mme Tortoise, pour lui faire, comme on dit, un rempart de son corps, le téméraire et héroïque Langelot, son foulard de nouveau noué sur la figure, et les doigts crispés sur le browning, se trouve face à face avec un second bandit masqué.

LANGELOT. — Haut les mains !...

LE BANDIT MASQUÉ. — Ça va, ça va !... Retire ton truc, et moi le mien; c'est moi, Milou... Tiens, toi, je ne te connaissais pas encore? T'es la nouvelle recrue à Lafrète? Et t'as amené du sexe? Bonjour, la môme! Une chouette môme, mais c'est pas prudent. La bagnole est là? Non, elle est au passage à niveau, comme c'était convenu; c'est vrai qu'il vaut mieux ne pas se faire remarquer près des gares, même des petites gares... Mais je ne sais pas comment je vais pouvoir me traîner cinq cents mètres encore... Eh bien! oui, une entorse !... Ah! quand les choses se mettent à mal marcher, — mal marcher comme moi, en ce moment...

D'abord, le coup a raté ! Y a pas à dire, maintenant, les voyageurs se méfient ; c'est un truc qu'est débiné, faudra en trouver d'autres... Bref, j'ai vu l'heure que c'étaient les gens du compartiment qu'allaient me faire mon affaire... J'ai tout juste eu le temps d'ouvrir la portière du couloir et de sauter sur la voie... Bien ! Je saute ; je me ramasse ; aucun bobo, frais comme l'œil... Et faut-il pas qu'après une cabriole comme celle-là où je m'étais tant seulement pas endommagé l'ongle du petit doigt, faut-il pas qu'en courant le long des rails, je m'ai pris le pied dans le fil de fer d'une aiguille, ou dans un tonnerre de je ne sais quoi, et que je m'allonge, et que cette fois j'ai bien failli ne pas me relever, crédié, tant ça me fait encore mal !... Alors, ma foi, tant pis, quand j'ai vu la gare, je me suis dit :

— Les copains attendront une heure de plus, mais faut que je me repose, que je m'étende un peu sur du rembourré... Et

c'est de la veine que je vous trouve, parce
que vous allez retourner jusqu'à la bagnole, et prévenir Lafrète qu'il vienne me
chercher jusqu'ici... Vas-y, mon gars !...
Tu sais, tu peux laisser ta poule avec moi ;
elle sera bien traitée, et elle me tiendra
compagnie... Non, monsieur est jaloux,
monsieur emmène sa dame?... Ça va, ça
va, y a pas d'offense ; ça prouve que Milou
a sa réputation auprès du sexe ; t'as raison, mon petit gars. Quoique ça, la femme
d'un copain, c'est sacré. Enfin, trottez
tous les deux; moi pendant ce temps je
mets mon pied à l'air. Mais ne restez pas
à vous cajoler dans tous les fossés, et
ramenez-moi la bagnole à Lafrète en vi-
tesse... Vous savez que, d'ici demain, y a
encore du boulot...

A peine quitté le cordial et prolixe
Milou, à peine sortis de la salle d'attente,
Langelot et Mme Tortoise sont demeurés
consternés sur le seuil de la petite gare,

scrutant les abords avec précaution et inquiétude, et se concertant à voix basse :

Mᵐᵉ TORTOISE. — Il faudrait peut-être que nous allions délivrer le chef de gare...

LANGELOT. — Mais comment lui expliquer? La place d'un surnuméraire de l'enregistrement n'est pas à la gare, à cette heure de nuit.

Mᵐᵉ TORTOISE. — Enfin, nous ne pouvons pas nous faire les complices... Prévenez au moins les gendarmes..

LANGELOT. — Mais à quel titre, ma pauvre amie, à quel titre?... D'ailleurs, vous ne songez pas à une chose ; c'est que, si cet homme ne nous voit plus et s'il est arrêté, il mangera le morceau...

Mᵐᵉ TORTOISE. — Vous parlez déjà comme lui !...

LANGELOT. — Il racontera qu'il nous a vus, il donnera notre signalement... Il y aura une enquête... Et puis le chef de gare s'apercevra bien que ce n'est pas lui son bandit masqué, celui qui l'a attaché à son fauteuil...

Mme TORTOISE. — Alors vous voulez que nous l'aidions à s'enfuir?...

LANGELOT. — La vérité est que nous avons plutôt intérêt à ce qu'on ne l'arrête pas. D'ailleurs, il nous a bien dit qu'il avait manqué son coup. Dans une certaine mesure, cela doit tranquilliser un peu notre conscience...

Mme TORTOISE. — Et voilà où nous en sommes ! C'est effrayant !...

LANGELOT. — C'est l'amour, c'est l'engrenage terrible et délicieux de l'amour, ma pauvre, ma chère, ma grande amie ! L'amour est notre maître, l'amour seul est coupable !...

Mme TORTOISE. — Moi, une honnête

femme, moi la femme d'un conseiller général !...

LANGELOT. — C'est la faute de l'amour, je vous le répète, et c'est la faute de la vie de province, si sévère et si tyrannique pour les amoureux... Votre mari est conseiller général : est-ce que je ne suis pas surnuméraire de l'enregistrement?

Mais voici Milou qui, sortant à cloche-pied de la salle d'attente, rappelle ses deux amis :

MILOU. — Héha ! héha !... Un truc épatant !... N'allez pas chercher la bagnole. Vaut mieux pas : une auto qui s'amène près d'une gare, le chef de gare n'a qu'à se réveiller, ou à être réveillé par une politesse, une supposition, une politesse de la femme du chef de gare...

LANGELOT. — Le chef de gare d'ici n'est pas marié...

MILOU. — Tu sais ça, toi? Tu t'étais renseigné? Hein, la môme, ça vous fait pas tiquer, que votre ami s'occupe de la femme du chef de gare? Je blague, mais t'as raison ; faut toujours tâcher d'augmenter ses connaissances. Enfin, marié ou pas, un chef de gare est un chef de gare, et une auto est une auto ; vaut mieux pas qu'ils se rencontrent. Et puisque je vous dis que j'ai trouvé un truc épatant, un fauteuil roulant, mes enfants, un joli petit fauteuil roulant, dans lequel vous allez pousser bibi jusqu'à sa voiture... Quand je dis vous, c'est toi que je veux dire, parce que je pense bien que tu te feras pas relayer par madame, car j'ai pas l'habitude que ça soye les dames qui me poussent... Suivez-moi que je m'installe convenablement et confortablement dans mon palanquin...

Mme TORTOISE. — La femme d'un conseiller général !

LANGELOT. — Un surnuméraire de l'enregistrement !

Mme TORTOISE. — Ah ! si je m'attendais !...

LANGELOT. — Il faut s'attendre à tout dans une salle d'attente !

TABLE DES MATIÈRES

5708-25. Corbeil. Imprimerie Crété.